A. YÁÑEZ: TRES CUENTOS

JOAQUÍN MORTIZ . MÉXICO

serie del volador

Agustín Yáñez

Tres cuentos

Primera edición, marzo de 1964
Novena edición, julio de 1980
Primera reimpresión de la
novena edición, agosto de 1981

Tabasco 106, México 7, D.F.
ISBN 968-27-0025-6

LA NIÑA ESPERANZA
O EL MONUMENTO DERRUMBADO

EL ÚLTIMO DEL AÑO COMENZÓ A ESTAR MALA, según parece, o mejor dicho: el día de año nuevo amaneció con la enfermedad, aunque todavía se levantó y se vistió con intención de salir a misa; pero no pudo, ardiendo en calentura como se hallaba, y con muchos escalofríos.

Nosotros hasta hoy nos dimos cuenta. Es que no hemos de haber estado presentes o no nos fijamos en las conversaciones, los primeros días, y por estar en la escuela no nos ha tocado ver la llegada del médico, ni su coche parado frente a la puerta, ni el movimiento apurado de las casas en que hay enfermo grave. Anoche mismo, cuando nos juntamos a jugar en la calle, ni cuando nos despedimos, pasadas las ocho de la noche, ninguno dijo nada: señal de que no lo sabían; pero ahora desayuné con la noticia, y salí disparado a ver a quién hallaba para contarla.

—Cómo amanecería — oí que mi padre preguntaba con preocupación, y mi madre, con ese tono de voz velado cuando algo la mortifica, respondió:

—Parece que peor, según dijeron en la lechería y en la panadería. ¡Sea por Dios! — haciéndosele nudo la garganta, añadió —: dicen que se le ha declarado pulmonía doble.

El anuncio hizo que mi padre abriera los ojos espantados y soltara una exclamación de sorpresa irremediable.

—¿Pulmonía doble y en enero?

—Dios no lo quiera. Dentro de un rato iré a preguntar cómo sigue.

La plática fue llenándose de miedo ansioso; la interrumpí con frenéticas preguntas. Al saber de quién se trataba, y desde cuándo, cómo había empezado a estar mala, sentí una revoltura de sosiego, de tristeza muy grande y de alegría vengativa. No sé si por esto, si por la cara de aflicción que tenían mis padres o por la voz temblorosa de mi madre, se me atragantó el desayuno. Tarde se me hacía para echarme a la calle con tamaña noticia.

No encontré a ninguno de los muchachos. La curiosidad me llevó a pasar por la casa de la enferma, desviándome del camino de la escuela, pues al fin era temprano y haría tiempo para toparme con alguno de los amigos en cuya compañía, cuántas veces, hemos pasado por la misma casa, con el deseo casi siempre callado, sobreentendido — secreto a voces de la palomilla —, con la tentación de ver a la que ahora — todavía se me hace imposible, no lo creo — está enferma: ella, tan lozana y garbosa, que nos deja encandilados cuando la miramos. Hallé cerradas las ventanas y entornada la puerta del zaguán, que por lo regular he visto siempre abiertas; me acogí a la esperanza de que sería por lo temprano de la hora, tanto más que adentro no se notaba movimiento, ni vi entrar o salir personas mientras estuve espiando, y fue mucho rato, hasta que recordé la escuela y que alguien podría preguntarme qué buscaba, qué hacía parado allí, o que mi madre llegara. Volví a pasar junto a la puerta. Volví a ver de reojo. Nada descubrí. Emprendí carrera, olvidado el deseo de ser yo el primero en dar a los muchachos la noticia.

Al irlos encontrando, unos en la escuela, otros a la salida, o en la tarde, ya todos la sabían. Los más no daban señales de que les hiciera fuerza, y esto no dejó de dolerme. Yo, por mi parte, no tuve calma ni atención en la escuela, no más pensando en la enferma, representándomela en las distintas formas en que muchas veces la he visto y, sobre todo, la he imaginado en secreto, muy seguido, y hasta creo que — sí, tengo que confesarlo: es muy cierto — la he soñado con bastante frecuencia, y son de los más bonitos sueños que recuerdo, sin saber bien a bien el motivo. Distraído por completo en las clases, la mañana entera, se juntaban a esas figuraciones otros pensamientos y mil ocurrencias, que tampoco sabía de dónde, inesperadamente iban saliendo, y hasta sorprendí en los labios palabras extrañas, que no recordaba conocer y, de momento, se han vuelto a olvidar. También cavilé sobre lo que sentí al tener la noticia; escarbé dentro de mí buscando la causa del sosiego que me produjo de pronto, y principalmente de la alegría vengativa: eso fue, aunque rápidamente pasó, y sólo quedó la tristeza, cada vez más grande, al grado de no explicármela, pues no se trata de persona de mi familia; ni siquiera es amiga de los de mi casa; ellos, como yo, como los muchachos de mi palomilla y la mayor parte de los vecinos en el barrio, la conocemos, la vemos de lejos; de retirado la admiramos, más bien por su fama, que por su trato, pues pocos pueden decir que de veras la han tratado, y ninguno que se alabe de tener amistad con ella; digo: ninguno del barrio; porque amistades, tiene a montones, que la visitan; pero son de otros rumbos, principalmente del centro y de las colonias elegantes; a nosotros como que nos ve con lástima o con cierto desprecio, si es que se digna vernos; ya no digamos a los de la palomilla, que acaso somos los que mayor admiración le tenemos. Eso ha de ser lo que ando buscando, lo que dentro de mí vengo escarbando desde que comenzó la primera clase, y en el recreo, y hasta este momento: primero, que no se trataba de alguien de la casa, como las caras largas de mis padres y la voz afligida de mi madre me hicieron pensar en un principio; esto fue seguramente lo que me produjo alivio momentáneo, como peso que se quitaba, o nubarrón que se iba; mientras el impulso de alegría rencorosa — que no puedo negar, que no pude dominar, que ahora me causa vergüenza — brotó de resentir esa soberbia de su persona, que tomamos por desprecio a nuestra insignificancia. En mis orejas no han dejado de resonar unas palabras de mi madre: *a nadie hay que desear males*; aunque no hacen falta para el arrepentimiento de haber sentido involuntario gusto porque la orgullosa sufriera enfermedad como cualquier hijo de vecino; no, no fue mi propósito desearle males; ni siquiera que la enfermedad le quitara lo bonito, lo garboso: ¿qué haríamos entonces? ¿qué haría el barrio entero si le faltara la contemplación del único encanto que lo alegra? ¿qué haría la palomilla? ¿de qué podríamos hablar con el mismo entusiasmo? ¿a dónde iríamos dominados por secretas intenciones cuando nos llega el aburrimiento y nos arrastran oscuras ganas de adivinar misterios? ¡Misterios de mujer! Sin quererlo, se me ha ocurrido este pensamiento, que por igual me infunde harta vergüenza y me hace gozar desconocidamente: ¡misterios de una — *ésa* — entre todas las mujeres!

A todo esto, se alzó la impaciencia de salir y correr en busca de noticias frescas. ¡Qué insoportablemente larga, horrible, la prisión de la escuela, y cuán imposibles las escapatorias que discurrí!

Al fin pude salir, correr. Lo seguro sería marchar directamente a casa y preguntar a mi madre. Una fuerza irresistible nos hizo desencaminarnos, rodear, dirigirnos, pasar, detenernos, contemplar la casa consabida. Sin decírnoslo, nos habíamos juntado varios muchachos. Esperábamos — yo, al menos — ver el coche negro del médico, que siempre nos hace gran impresión cuando lo vemos parado en alguna casa del barrio; he oído que le dicen *cupé:* ya viejo, aunque relujado; tan viejo como el caballo que lo jala — negro también — y como el cochero: tieso, vestido de negro, el chicote listo en una mano, y la rienda en la otra. (— *Más bien parece cochero de funeraria* — dijo una vez no recuerdo cuál de los muchachos.) Pero ahora no estaba, no lo vimos. Ha de haber venido antes. Pero seguían cerradas las ventanas y entornada la puerta. Ni siquiera los pájaros cantaban dentro: no los oímos. Los muchachos decían palabras extrañas, feas y hasta horrorosas; algunas yo las conocía; otras, no; eran, si las recuerdo bien: tisis, bronquinemonía, derrame cerebral, angina de pecho, tifo, tifoidea, viruela, cáncer, no tiene remedio, estirar el pellejo, se acabó el cuero y la tentación. Esto último sí lo entendí bien y por pelado me prendió la sangre, me hizo avanzar contra el lépero a trompadas: le pegué dos, bien dadas; ni las manos metió; nos apartaron los otros; y lo peor es recordar que yo también así la he llamado, con esa palabra de plebes: *cuero*, y que se me hacía sabrosa otras veces, y muy propia para decir lo que sentíamos al ver a la vecina, o simplemente al pensar en ella o al imaginarla, sin encontrar otra palabra que cuadrara con la mera significación que a ésta le damos. (Hoy descubrí otra: *monumento*, que por muchos motivos me gustó, aunque no se me hace tan sabrosa, quién sabe si porque le falta el picante o lo agrio de la primera. Hoy en la tarde, casi ya en la noche, se la oí a un muchacho mayor que nosotros, que por estar en sexto y jugar futbol en un club formal nos ve como si fuéramos microbios; refiriéndose a la enferma — ya no hay a estas horas otro tema de conversación en el barrio, dentro y fuera de las casas —, aseguró, poniendo los ojos en blanco — él es muy faceto y le gusta hacerse más delante de nosotros por apantallarnos —, le oí decir: —*¡Ah! ¡es un monumento!* y lo repitió:— *¡un monumentazo!* A ver si puedo después explicar por qué la dicha palabra me agradó tanto, a pesar del chocante que me la descubrió; a ver si tengo tiempo.)

Volviendo a mi casa, lo primero que hice fue preguntar a mi madre si había ido a informarse cómo seguía de males la vecina; no me gustó el gesto que hizo al contestar, ni menos oírle responder no más con una palabra: — *¡Grave!* Muchas veces oída, en ese momento sonó a nueva, y tremenda; se agolparon mil figuraciones; nubláronse los ojos; no quise, no pude preguntar más; con el corazón apachurrado, me metí a la última recámara; cerré el postigo; tuvieron que gritarme varias veces a fin de que fuera a comer; no tenía apetito; apenas probé bocado; el alma en un hilo, esperando que volvieran a tocar el asunto; seguramente lo habían hecho cuando llegó mi padre; no tardaron en recaer.

—Tan activa. Tan atenta con los pobres. Tan compadecida. Un modelo (*monumento ¡monumentazo!* — no, a esa hora no había descubierto la palabra). Tantas caridades que hace. Tan infatigable. Se desbarataba, se hacía pedazos por cumplir las obligaciones que se había echado en tantas buenas obras. Era natural que le sucediera esto...

—Le sucedió al salir de dar gracias por el fin del año; un enfriamiento al salir del templo, tras ayudar a bien morir al año en sus agonías; volvió tosiendo y con escalofríos, tan piadosa siempre, con mucha calentura...

— no entiendo cómo hay gentes que no la quieran y hablen de ella por purita envidia; hoy mismo andan diciendo que cogió la pulmonía en un fiesta pagana, ¡un baile! de esos que hacen para recibir al año entre desórdenes impropios de cristianos...

—sí, eso decían ahora en la tienda de la esquina, y añadían que por ir muy escotada...

—¡cómo es posible que puedas oír semejantes calumnias y las repitas aquí, delante...

Con ojos indignados mi madre me indicó que saliera de la cocina. Obedecí, porque habría sido peor seguir oyéndolos y no poder preguntar el enjambre de dudas que me picaban la lengua.

Escapé a la calle con la esperanza — ¡la esperanza! — de hallar muchachos que no lo supieran. Estaban vacías nuestra calle y las calles vecinas por donde vagué. Sin resultado estuve chiflando frente a las casas de amigos. Nadie salió. En una carrera fui, pasé por la casa de la doliente. No había novedad. Continuaban cerradas las ventanas; entornada la puerta. Por hacer tiempo, volví, me encerré, me tiré sobre la cama. Era sábado. No había clases en la tarde. ¡Ah! si durmiendo la soñara. Vestida de seda chillante. Soñara la fiesta pagana. El baile. Y el escote. Nunca la hemos visto con escote. Ahora la imagino. Recuerdo haber oído hablar de trajes indecentes. A ella siempre, la mayoría, la califica de muy decente. Aunque no faltan risitas de burla. No pudiendo conciliar el sueño, torné a la calle. Mi madre me regaña por callejero. Ni remedio. No tengo más diversión. Recuerdo haber oído hablar, entre risitas, de las mujeres de la calle, sin entender bien por qué se ríen así cuando los muchachos mientan eso, que no entiendo, si a ellos como a mí nos gusta la calle y no tenemos otra diversión y andamos como leones enjaulados — eso dice mi mamá — cuando no nos dejan, cuando no podemos salir de las cuatro paredes de la casa.

Como león enjaulado anduve de acera en acera; llegaba a la esquina y me devolvía. Fueron al fin saliendo los muchachos. Nos fuimos juntando. — *¡Vagos! qué ¿nacieron en la calle, que de la calle no quieren salir? de la calle no los podemos meter* — dicen al regañarnos por callejeros. (Yo no andaba con ellos ese día; pero uno de los agravios de la palomilla contra la orgullosa vecina es que una vez los llamó vagos porque andaban alborotando cerca de su casa.) Sabían ya todos lo de la enfermedad. Algunos quisieron jugar. Se los estorbé, distrayéndolos con pláticas de mucha sensación, en que hubo competencia para echárnosla de lado sobre quién sabía más detalles tocantes a la vida y milagros de la encumbrada, sus intimidades y gustos: ¡puros inventos! pero aparentábamos creerlos para enanchar la plática y desahogarnos; yo buscaba también alguna esperanza — una esperanza —, por insignificante que fuera, del pronto alivio, de lo pasajero del mal, de la promesa de verla y gozarla otra vez, pronto, aunque desde lejos, como siempre.

Corriendo, desaforado, llegó un muchacho que vive a la vuelta, y nos dijo que había gran movimiento en la casa de la enferma, con la llegada de varios coches. Movidos por un resorte, corrimos a la oscuridad. El corazón se me movía como badajo de campana mayor.

Era cierto. No sé cuántos coches llenaban la calle. Sentí el corazón en la garganta. Jamás había visto una concentración igual. Me infundió respeto y miedo. Entraban y salían personas muy catrinas; hombres de levita, con barbas y cara de apuro; mujeres cubiertas con chal, como asustadas, como llorosas, bien vestidas. Abierto el zaguán de par en par; pero bien cerradas las ventanas. —*Hay junta de médicos* — oí decir a uno de los curiosos. A indicación de uno de los catrines, vino el gendarme y mandó que nos retiráramos. —*La calle es muy libre* — alegó un grandullón; el gendarme se le abalanzó, amenazándolo con la macana. Como de rayo nos dispersamos; yo y otros no paramos hasta meternos en la tienda, cerca de mi casa. El tema del dueño y los clientes era el mismo; en una palabra: que había pocas esperanzas.

Lo mismo que si me hubieran sofocado de

una pedrada en la boca del estómago. Necesidad, ansias de hallar a mi madre para preguntarle qué podemos hacer; y decirle que no podemos quedarnos con los brazos cruzados; y recordarle lo que me ha enseñado, lo que tantas veces me ha contado de milagros patentes hechos por santos y santas, aunque nos comprometamos con mandas trabajosas de cumplir. Eso de los paganos, del baile, del escote, qué, caso de resultar cierto, ¿será muy grave?

—Sí, vamos a rezar por lo que más le convenga, según los justos juicios de Dios. A nosotros no nos toca lo de las mandas —. Ahora fue como un baldazo de agua fría; ni me animé a tratar lo del escote y los paganos.

Era hora de ir por la leche y el pan, me ofrecí al mandado con interés de saber novedades, o cuando menos oír hablar de la que se había convertido en el tema de todas las conversaciones. Y así fue. Como reguero de pólvora se hablaba de la junta de médicos, ya en voz baja o a gritos.

—Que todavía no acaba ni tiene para cuándo acabar. . .

—Se conoce lo rica que es. . .

—Tanto presumir: al fin ¿para qué?

—Que la van a operar. . .

—No: que está en las últimas. . .

A gritos, de ventana en ventana, de puerta
en puerta, calle de por medio. Me detenía
para oír mejor. Me acercaba a los grupos que
hablaban con misterio, para entender lo que
decían. Aventadas de un lado a otro como pedradas, las palabras me descalabraban, o eran
como toques eléctricos. Mientras algunos
compadecidos la ponían por las nubes, lla-
mándola con términos bonitos: princesa, es-
belta, graciosa, sin comparación, virtuosa
(lástima que no pueda retener en la memoria lo que más me gustó, por ser palabras
nunca oídas antes), las voces de la envidia, sin
compasión alguna, la trataban de tipa, mus-
tia, faceta, apretada, coqueta, presumida; me
quemaban la sangre, tenía que refrenarme y
apresurar el paso para no discutirles ni me-
terme en dificultades como en la mañana.
Precisamente alegaban sobre lo mismo, en la
panadería, gentes de los dos bandos, y en la
lechería también; aquí precisamente fue donde le oí al futbolista eso de *¡Ah! ¡es un monumento! ¡un monumentazo!* El alegato era tan
acalorado, que tardaron en despacharme;
aunque la verdad es que tampoco hice nada
por darles prisa, pues contaban historias que
picaron mi curiosidad, aunque no las enten-

diera bien a bien: pilas de pretendientes, buenos partidos, montón de amistades, tan fina y afable, de carácter tan bonito y alegre; sí, pero por esto y por sus modos de vestir y de andar y de ver, da lugar a que la confundan y hablen de ella; no, porque sabe darse su lugar; eso acá, con los pobres: pero allá en sus círculos, con los empingorotados, la muy engreída, he sabido...; es lo contrario, allá es donde ha despreciado esos partidos, mientras acá es compadecida; lo que sea de cada quien...

—¡Ah! ¡es un monumento! ¡un monumentazo!

Quedé deslumbrado. Tanto, que de pronto se me olvidó lo que dijo uno de los que allí estaban:

—Sí, es una espléndida mujer.

—¡Vas a tirar la leche, muchacho! ¡Vete! ¿Qué esperas?

Otro de los presentes comenzó a contar los muchos viajes hechos por la bella.

—Conoce medio mundo. Hasta Tierra Santa y China. Quién sabe cuántos idiomas habla. Del Japón...

Volvieron a correrme y no hubo más remedio que dejar de oír. Por el camino vine repitiendo: *es un monumento, un monumento.*

Estuve a punto de tirar muchas veces la leche. Había oscurecido por completo. Y es que anochece muy temprano en estos días.

—¿Por qué te tardaste tanto? Ya estaba con pendiente.

—Oye, madre, ¿acabaría ya la junta de médicos?

—Yo qué sé; una cosa es compadecer el mal ajeno y otra andar de entrelucido; sobre todo no me gusta que seas nervioso.

Merendé, y ante la negativa de permitirme salir, hice buen berrinche.

—¿Ni a la iglesia vamos a rezar porque se alivie?

Nada valió. La fatiga del día me rindió. Ni los clarines de las ocho de la noche oí. Me llevaron dormido a la cama y allí me desvistieron. Entre sueños escuché a mi madre:

—Lo impresionó mucho lo de la Niña Esperanza.

Y a mi padre:

—Que los médicos todavía tienen esperanzas.

Hice un gran esfuerzo por abrir los ojos y despertar completamente. *La Niña, la Niña Esperanza, Esperanza, esperanzas.* Caí en el sueño echando maromas que no acababan, que no me dejaban parar: volando sin encontrar piso firme: volando de cabeza sobre plazas con monumentos, entre monumentos de cementerios, frente a monumentos de Jueves Santo, las estatuas escotadas, las hileras de coches negros, las ventanas cerradas, las calles llenas de mujeres, las esperanzas bailando, las rachas de frío persiguiéndonos, yo queriéndola tapar, yo no pudiendo, yo queriendo agarrarme al monumento de Año Nuevo, el aire levantándome, alejándome del catre, tumbando las estatuas de la esperanza, estrellándose la Niña, la Niña, la Niña del Japón escotada.

LO PRIMERO QUE DIJO MI MADRE AL DÍA siguiente, atajándome la pregunta que leyó en mis ojos:

—Estamos hoy a cinco de enero, víspera de los Santos Reyes, que ahora en la noche pasan por las casas de los muchachos que se han portado juiciosos.

Era visto que trataba de desviar mi atención.

—¿Cómo amanecería la... Niña Esperanza?

—Mejor — y dio media vuelta. Si había leído la angustia en mi frente, también yo la leí en la suya; pero comprendí que no le sacaría la verdad. Su semblante me hizo imaginar lo peor. Guardé silencio.

Volvió con la bandeja de pan; me miró a los ojos:

—Lo que has de hacer es escribirles a los Santos Reyes a ver...

—Ni cuándo han pasado por aquí.

—Quién quita y ahora se acuerden.

—Quiero... que traigan el alivio de la Niña Esperanza.

Se le agolparon en la boca las palabras, entre contrariada y compasiva; meneó la cabeza, y llamó a mi padre para que desayunara.

Por no complicar la situación, desayuné a fuerzas, pasando los bocados con trabajo y sintiendo que caían como piedras en el estómago. Sorprendí un gesto de mi madre, indicando a mi padre que se fijara en mí; para nada trataron el asunto de la enferma.

—Ya le dije que les escriba a los Reyes Magos. Quién quita y se acuerden de dejarle algo.

—Peor lucha es la que no se hace — dijo mi padre distraídamente, no más por decir algo; terminó de desayunar; tomó el sombrero y salió, amonestándome:

—No me gustan los hombres nerviosos que de todo se impresionan.

Aunque me hubiera dado tiempo, no habría sabido qué replicarle de momento; tardaron en venírseme cosas a la cabeza; pero me las callo por respeto.

Nuestro barrio es humilde; familias de jornaleros y artesanos lo componemos; en las casas no se oye hablar más que de apuros; pero en general vivimos contentos; a las pocas calles — tres apenas, dando vuelta en la esquina, sobre la derecha —, comienza el movimiento de la ciudad, propiamente; y precisamente la casa de la Niña Esperanza — cómo me gusta que mi madre la nombre así — es la primera bonita que hay, rumbo al centro: bien pintada; las ventanas altas, con rejas y vidrieras; la puerta del zaguán ancha y con cancel de fierro; los pisos de ladrillo rojo, como espejos; el patio lleno de macetas, flores y pájaros; todo muy lujoso y limpio. —*Las cosas se parecen a sus dueños*— acostumbra decir mi madre. Cuando paso, me gusta, si puedo, detenerme a contemplar lo que hay dentro, aunque no sepa dar bien a bien razón, pues me ataranto siempre a la vista de los muebles finos, las cortinas, los espejos y, con frecuencia, la figura de la dueña con esos vestidos, esos peinados, esos zapatos que hacen música cuando caminan, esa natural arrogancia: es el colmo de mi atarantamiento; sin fijarme a mis anchas, la he divisado frente a un gran espejo, alzando los brazos, componiendo flores de un jarrón con sus manos de virgen, alisando las colchas de la cama o las cortinas; la he oído hablar, sí; en ocasiones me ha tocado escucharla de cerca; pero jamás he podido sostenerle la mirada, si es que se queda viéndome alguna vez.

Para ir a la iglesia hay que pasar por esa casa. Hoy, domingo, estuvo retardando mi madre la hora de ir a misa. Lo noté bien, a fuerza de proponerle que fuéramos. Como no daba traza, pretextando quehaceres distintos, escapé. Sorprendí a los muchachos cariacontecidos, formando bolita en la esquina.

— *Malo* — me dije. Hasta los que ayer no daban muestra de que les importara lo de la vecina, se veían preocupados.

—Ya lo sabes ¿no?, ¡desahuciada!

—Eso. . . ¿qué significa?

Se atropellaron las contestaciones, rivalizando en demostrar conocimientos:

—Que no hay ninguna esperanza.

—Que no se aliviará.

—Que le quedan pocas horas de vida.

—Que los médicos nada tienen ya que hacer.

—Los médicos la desahuciaron.

—Que sólo un milagro.

—Quién quite, hoy que llegan los Reyes Magos — en la confusión había podido yo intervenir; había soportado el garrotazo súbito; y, por una parte, dudaba que fuera cierto; por otra, me aferraba a la esperanza: cómo un *monumento* así de glorioso podía ser abatido de la noche a la mañana, y arrasado como torre de arena.

Peores anuncios esperaban en el rodar del domingo, que ahora no sé si transcurrió con lentitud o en vértigo; las dos cosas a un tiempo, a cual más aborrecibles.

—Entró en agonía — dijeron cuando pasamos a misa, cerca de las once de la mañana; y al volver, informaron:

—Que no saldrá el día.

Delante de mi madre me hice fuerte, considerando que la mortificaba mi pesadumbre, o que mis nervios le disgustaban. Conseguí que se despreocupara de mí.

—Volveré luego a ver si puedo ayudar en algo — dijo.

—¡Sí! ¡sí! ojalá pudiera yo también. . .

—Tú te vas a estar en la casa, sosegado. Hay que resignarse con la voluntad de Dios.

Adivinó que le iba a replicar, y se me adelantó.

—Para la muerte no hay diferencias de edades o dinero, ni nadie tiene comprada la vida: un resbalón, un aire acaban con ella en chico rato, cuando menos se espera, y hay que hacerse el ánimo: ¿no ves? una mujer tan frondosa, tan llena de vida. . .

—Eso es lo que me aflige, madre, y no entiendo por más vueltas que le doy en la cabeza: una mujer tan bonita según te oigo decir.

—Alma bella, más que todo. Será que Dios

la necesita. Desde anoche le dieron la Extremaunción.

—¿La Extremaunción? Entonces... ¿ni la esperanza de los Santos Reyes? ¿no hay ninguna esperanza? Oye, madre, ¿verdad que no es altanera como algunos dicen?

—Sosiégate. No tienes que impresionarte por una cosa natural: a cada momento mueren más gentes en el mundo que hojas caen de los árboles: haz la cuenta.

Ya no pude replicar: — *Sí, pero no ésta: una mujer tan frondosa, tan llena de gracias, tan sin comparación: ¡un monumento! No, no me hago el ánimo.*

Cuando me quedé solo, no sentí ningunas ganas de salir a la calle y buscar a mis amigos; por lo contrario, hasta la idea me repugnaba, y se me hacían odiosos los muchachos, imaginándolos hablar de la enferma sin respeto, con ociosa curiosidad. Además, necesitaba emplear bien el rato, antes de que volviera mi madre.

Arranqué una hoja de mi cuaderno, y a lápiz, dominado por una fe que rápidamente me llegó sin saber de dónde, y que antes nunca sentí en víspera de Reyes, escribí una carta para pedir a los queridos Santos Reyes el alivio de la Niña Esperanza, y que luego se hiciera amiga de los de mi casa y yo pudiera entrar a la suya, y me hiciera de confianza, y me enseñara, me dejara tocar y oler tantas cosas bonitas, tantos adornos que tiene, y perfumes. No resultó fácil. Primero, me turbó eso de *queridos*, pues fácilmente descubrirían la mentira, ya que jamás me había ocupado de ellos, por considerarlo inútil; el propósito firme de quererlos mucho si me concedían aunque no más fuera el alivio de la Niña, me hizo dejar tranquilamente la palabra; peor fue la turbación que me asaltó cuando recordé la plática de uno de los muchachos al referirnos el otro día, con gran misterio, que había escrito una carta para pedirle a una niña que fuera su novia, y que no hallaba cómo entregársela; no sé por qué se me vino eso a la cabeza y me hizo temblar de vergüenza el pensar y escribir eso de la *confianza, entrar a la casa, tocar y oler*... ¡Si llegara mi madre y sorprendiera mis renglones! El más ligero ruido me hacía esconderlos. Acabé muy de prisa y guardé la carta donde nadie la pudiera encontrar. Metí la cara en un lebrillo con agua para quitarme cualquier huella de la frente, y chiflé tratando de no hacerme de delito cuando mi madre regresara y me preguntara lo que había hecho en su ausencia.

La espera se me hizo eterna. Siempre han sido para mí eternos los días que siguen a las Posadas y a la Nochebuena. Eternos y tristes. No más en espera del Viernes de Dolores y los Días Santos. En el año son las dos únicas épocas que me ofrecen motivos de gusto: la Nochebuena y la Semana Santa; en ésta son los *monumentos*. ¡Ah! el *monumento* amenazado. El nombre prohibido: *Esperanza*. ¿Por qué le dirán la *Niña* si es una mujer, una *espléndida* mujer, que podría estar ya casada? No deja de ser bonito decirle *Niña*, con cariño. ¡Cariño! Qué palabras tan fuera de uso acuden a la boca desde ayer, agravando mi demencia de hablar solo. *Cariño* ¿qué significa?

Rechina la puerta. Entra mi madre. Le pregunto con los ojos. Me contesta:

—Todavía está viva. De milagro, según los médicos.

—¿Milagro?

—Su fuerte naturaleza, que es lo que la hacía tan buenmoza y llamativa, es la que resiste; pero se consume a cada momento que pasa — se detuvo, me vio con fijeza, calculando el efecto que su desahogo me produciría, le conocí el impulso de callar; pero sea que me viera sereno, sea que no pudo contenerse, siguió hablando—: da compasión ver esa lucha inútil. . . pude pasar y verla un momento con el estertor de la agonía, la gran fatiga de la respiración; su gran vitalidad la sostiene; uno piensa si no sería mejor que acabara la lucha y dejara de sufrir inútilmente, aunque desde anoche no se da cuenta de nada. Vete a dar una vuelta mientras hago de comer; pero no te acerques allí: está lleno de curiosos y hay que evitar ruidos.

He oído platicar de los que caminan dormidos. Ha de ser como anduve a esa hora. No soportaba la luz del sol en los ojos; ni los ruidos de la calle metidos en las orejas; ni el miedoso asombro en los rostros de los vecinos. Y sin embargo no resistí la tentación de presumir, mostrándome bien enterado:

—No será raro un milagro, apoyado en su gran vitalidad, que es la que la hacía tan llamativa. . .

—Dirás: tan cuero.

La rabia me cegó; cubrí de puñetazos al hablador; los demás se me vinieron encima; me sacaron la sangre de las narices; a duras penas me les escabullí.

Callejero, sí; pero no peleonero. Yo mismo

me desconozco, no sabiendo de dónde, de pronto, desde ayer, me ha salido esa propensión a enojarme y reñir. No es otra cosa que sentimiento de ver que una vida tan lozana se troncha de repente, y no poder hacer nada para defenderla. Es un desquite defenderla de babosos habladores.

Si son siempre tan enfadosos los domingos, interminables, y principalmente las tardes de los domingos, ninguna como ésa. Para que no faltara contrariedad, un cilindro se puso a tocar cerca de la casa, traspasándome la cabeza, taladrándomela. Con gran trabajo resistí el impulso de salir y apedrear al cilindrero impertinente, junto con los necios que le pagaban. Acabé con jaqueca, viendo chispas, estallándome las sienes, el cuerpo quebrantado, el estómago revuelto, una sed insaciable, unas ganas inmensas de estirarme, de bostezar, de dormir, de no pensar. La tarde se había nublado. La fatiga me derrumbó en la cama.

Desperté. Por la mirada de mi madre supe que la Niña vivía.

—Llévame a verla.

—Estás loco.

—Llévame, no seas mala, llévame — seguí con la terquedad mucho rato. Había oscurecido completamente y caía una lluvia sorda. El frío llenaba la casa.

—La tristeza me apachurra el corazón, madre.

—Yo también estoy triste; pero hay que hacerse el ánimo a todo en la vida.

—La vida ¿de qué sirve, si se acaba sin motivo?

—Acuérdate que hoy vienen los Santos Reyes.

—¡Bah! Si ni el Niño Dios vino.

—Quién quite. Por las dudas, escríbeles, pidiéndoles, por ejemplo, unos pantalones, que te hacen falta.

—Quién puede pensar en eso. Más valdría que trajeran el alivio de la Niña Esperanza.

—Eso es tentar la paciencia de Dios.

—Siquiera llévame, no seas mala.

—Mañana, si Dios quiere, mañana la verás. Voy a darte una taza de hojas de naranjo con azahar.

—¿Mañana?

Llegó mi padre con la noticia de que mantenían a la agonizante con vida artificial.

—Qué es eso, padre — pregunté con vivo asombro. No entendí o no supo darme la explicación.

—Vete a acostar en seguida, por si llegan los Reyes Magos. ¿Escribiste la carta?

—Sí. No. La escribiré.

—Unos pantalones, por ejemplo.

¿Qué hacer con la otra carta? Ya: son Magos y adivinarán dónde está, qué les pido de cierto, qué les ofrezco en cambio: quererlos en adelante.

Para contentar a mis padres, escribí dos renglones con el pedido que me aconsejaban.

—¿Mañana, madre? ¿Seguro?

—¡Mañana!

Simulé dormir; pero me mantuve atento a la conversación, que no tardó:

—Sí, los traje. Vamos esperando.

—Eché dos vueltas. Oí decir que van a repartir su ropa entre los pobres. Parte el alma ver tanta vitalidad que lucha de balde.

—Aseguran que no saldrá la noche.

—El barrio entero parecerá vacío sin la Niña.

—¡La Niña! Y puede que sea de tu edad.

—Qué diferencia. Los sufrimientos chupan a los pobres en un santiamén, mientras los ricos se conservan; además, ella siempre andaba muy arreglada, y eso disimula los años. Tampoco era vieja.

—Tampoco tú lo eres; pero eso de Niña la achicaba.

—No eso, sino su alma, que parecía no haber probado sufrimientos. Y sin embargo, dicen que sufrió mucho en la vida.

—Ese misterio en que vivía me inquietó siempre.

—Sí, ya lo sé: a ti también ella te inquietaba. Eso es lo que la hacía sufrir más, siendo una mujer tan pura.

—No sé a qué te refieres.

—Una mujer de veras buena, que por una maldición estaba expuesta a que se pensara siempre mal de su carácter franco, caritativo. Es el peligro de las bonitas que no se casan.

—Y ¿por qué no se casó? Nunca me lo he explicado, con tantas relaciones que la visitaban diariamente, y con tantas historias que le achacaban.

—Dios no la llamaba por ese camino.

—Monja, entonces.

—En el mundo tenía su campo para obrar el bien.

—Pero el mundo se la comía.

—Ella estaba sobre el mundo de murmuraciones y habladurías, que es distinto del mundo en que hay tantas necesidades por aliviar. Socorrerlas era su encargo.

—Y despertar tentaciones.

—En hombres corrompidos. Mejor cállate. No vaya a despertar el niño, que sigue muy nervioso.

—Es la primera vez que siente cerca la muerte.

—Sí, tal vez eso sea. No quiero pensar otra cosa. Cambiando de tema, ¿conseguiste mejor trabajo? Mañana volverá el de la renta y vence el plazo para el corte de la luz.

—No me resolvieron todavía; pero conseguí dinero prestado.

—¿Más deudas?

La misma conversación de todos los días me arrastra al sueño, a pesar de las muchas dolencias que la plática me causó, al grado de querer contestar, sublevarme. Desde luego, ¿por qué hablan de la Niña como si ya estuviera muerta?

Queridos Santos Reyes: ¡ahora! Y en la hora...

QUEDÉ PARALIZADO AL DESPERTARME LAS esperadas, temidas, tremendas palabras:

—En punto de las doce acabó. La hora exacta en que hace cinco días, al entrar el Año, sintió la primera punzada.

—Qué rápido se fue, y parecía tan llena de vida.

Intenté abrir los ojos, brincar. No pude. Quise gritar. También la lengua se había hecho piedra. En el fondo me consoló el pensamiento, ¡ay! la esperanza, de que hubiera vuelto a agarrarme el sueño de quedar tieso cuando más necesito correr, o porque me siguen, o porque algo quiero alcanzar, soñando. Pero escuché que de la calle me silbaban con empeño. Hice mayor esfuerzo: tronaron los huesos del cuello, y luego, como esquitera, las coyunturas de brazos, piernas y espalda. La boca era como si toda la noche hubiera estado retacada de cobres. La lengua seca, rasposa. Seguían chiflándome los amigos. Sentí necesidad imperiosa de juntarme con ellos y hacer las paces con los que había peleado. Rehusé la intención de llamar a mi madre. Pude abrir los ojos y saber que la mañana estaba nublada. El cuerpo era de hilacho ahora, desguanzado. Lloviznaba. *—El cielo llora; luego, es verdad* — pensé.

—Desde anoche no ha dejado de lloviznar. Son las cabañuelas — dijo en la cocina mi madre.

Ya no se oían los chiflidos de la palomilla. La luz era ceniza.

—Están doblando las campanas para la misa por la difunta.

Un sacudimiento — *¡la difunta!* — me aventó de la cama — *¡la difunta!* —, me puso en pie, me hizo vestir aprisa. En la silla encontré unos pantalones nuevos, al tiempo que mi madre se acercó:

—¿Ves cómo sí se acordaron? — pero mis ojos le cortaron la palabra, y también mis voces:

—La resurrección de los muertos ¿no es el mayor milagro? Es. . . el que quiero — abrió mucho los ojos; pero se quedó callada y salió de la pieza. Desde la cocina, pasado buen rato, me llamó a desayunar.

—Ten café negro, no más, y un taco de sal para que no te haga daño la impresión — habíamos quedado como distanciados; ella ni yo hallábamos que decirnos. Yo, al fin, tras pesado silencio, hablé:

—¿Vamos a ir? ¿Me vas a llevar?

—No tengo vestido negro; apropiado. Pero anda, asómate; necesitas acostumbrarte a ver con naturalidad estas cosas — tocaban a muerto las campanas: — es la segunda llamada de su misa — después de reflexionar un momento, agregó: — dicen que quedó como dormida, semejante a la Purísima que tienden el trece de agosto en la iglesia del Tránsito — la noté otra vez indecisa: — oye... mira: parece que deja de llover, y no será raro que salga el sol — noté que luchaba en su interior; la pausa fue más larga; hizo un gesto de decisión: — oye, no hagas caso si oyes decir cosas feas contra doña Esperanza; abundan gentes malintencionadas, perversas...

No puse atención en esto último, aunque no dejó de rasguñarme que la llamara *doña* en vez de Niña, como si se tratara de una señora vieja. Lo del milagro tenía por completo entretenido a mi pensamiento, y resulté con una distancia:

—Siendo más fácil curar, ¿qué necesidad hubo de tener que resucitarla?

—Me dan miedo tus terquedades.

Miedo, al mismo tiempo que grandes ganas me dominaban al salir. Ya más que llovizna, era brisa en la calle. Como si nada hubiera sucedido, nada en la calle ni el barrio encontré cambiado: las mismas casas, las mismas caras, las mismas costumbres y los ruidos de diario; hasta los mismos vestidos (*—no tengo ropa de luto,* como dijo mi madre queriendo decir: — *acuérdate que somos pobres*); no más el día cenizo. Pero la gloria de la Resurrección llenaba mi esperanza. Involuntariamente repetí en voz alta:

—¡Mi Esperanza!— para en seguida ver la cola de alacrán escondido abajo de las palabras, y avergonzarme.

—¡Una sonsacadora de hombres! Los enhechizaba enyerbándolos para luego hacerlos padecer. Era su gracia: divertirse con los que picaban el anzuelo ¡la muy gurbia! — vociferaba en la puerta de la vecindad una mujer desgreñada, con cara de bruja, madre de dos grandullones pendencieros; le hacían rueda varios curiosos; y seguía vomitando improperios: — ¡qué bueno vernos libres de su peligro! ¡se acabó su tentación! ¡provocativa hipócrita! (*—No hagas caso — abundan gentes perversas*).

La boca maldita me hizo llegar de una carrera, huyendo de sus abominaciones. El apeñuscamiento de gente fue lo primero que vi al dar vuelta y descubrir la casa de la Niña.

Los muchachos trepados, agarrados a las rejas de las ventanas, arrempujándose, peleando por ver más y mejor. Es la costumbre del barrio, a la curiosidad cuando hay cuerpo tendido; nunca como ahora; desde lejos ha venido concurrencia desconocida. Igual que al entrar al mercado, el vocerío no deja oír; o encandilados, no distinguimos los objetos hasta que acostumbramos los oídos a la boruca y los ojos a la claridad o a la oscuridad, así no puse cuidado a los murmullos de los que se arremolinaban cerca de la casa; me reduje a ver ansiosamente; paredes, puerta, ventanas, rejas, nada había cambiado, ni hallé siquiera moños negros, como en otras casas en situación parecida (*¿será que, como yo, rezando el Credo, esperan la Resurrección de la Carne?*) Principalmente me entristeció el comportamiento y las caras de mis amigos, que antier, ayer, parecían inconsolables, y se resistían a admitir que fuera grave, menos todavía que fuera irremediable la enfermedad; se les veía contentos, alborotados, como en convite o función de títeres, corriendo, dando empujones, hablando en voz alta, sin respeto; a veces gritaban y hasta chiflaban y decían inconveniencias; desplomáronse mis propósitos de reconciliación; los odié rencorosamente por inconstantes, por groseros y faltos de sentimientos. Uno me dijo:

—Están dejando entrar. Vamos entrando.

Con la mirada le di cortante negativa. Sin embargo, sus palabras prendieron fuego en la sangre: no tener que andar a empellones para llegar a la ventana; librarme de verla, perturbado por el ajetreo, la falta de respeto, la fisgonería de la chusma; poder contemplarla de cerca, sin prisas, y acaso tentar su catre, su vestido con que la tendieron (*semejante a la Purísima del Tránsito*), y admirar por dentro su casa, sus espejos, y roperos, y alfombras, y cortinas, y macetas floreadas; y caminar sobre sus pisos relucientes; y oír a sus pájaros casi al oído; y cumplir, en fin, la vieja ilusión, la necesidad, la tentación de penetrar sus misterios (*la tentación acabó* — martillaba la boca vil, con mayor fuerza —; *le gustaba provocarlos por hacerlos sufrir*; *los hechizaba, los traía como enyerbados*); pero no daría mi brazo a torcer: la vería de lejos; no entraría en la casa. Espiaba, con deseo y miedo enormes, la ocasión de acercarme, aferrarme, no: trepar no, a las rejas de la ventana (*como los novios* — tan rápidamente como la pensé, rechacé tan sofocante ocurrencia); la cabeza me daba vueltas;

después de todo, lo dicho por la vieja desgreñada no era tan malo; repasándolo, comenzó a gustarme, o desde un principio me había gustado, porque reconocía el poder, los encantos de la Niña Esperanza; qué culpa tenía ella si los hombres malinterpretaban sus gracias, y sufrían por querer lo que falsamente inventaban; tampoco, no, nunca vimos ni supimos que platicara con hombres tras las rejas, ni siquiera que se sentara en la ventana, como acostumbran las muchachas en todos los rumbos de la ciudad.

—Arrímate, aquí te hago campo — gritó un amigo —, por esta ventana se ve mejor.

Como dicen que avientan los alambres de la electricidad al que se les acerca, me sentí arrastrado por irresistible corriente; alcancé la reja; pero resultó alta la ventana para mi estatura; sin pensarlo, dominado por las ansias de ver, trepé los barrotes; la sala se abrió a mis anchas.

Allí estaba. La reconocí. Sepultada en flores. Como la Virgen del Tránsito. Afilada la cara. Como de cera. Sin aquellos colores que nos encandilaban. Hermosa de distinto modo. Se me hizo mejor. Muy jovencita. No, nunca la había visto bien, tanto rato. Como dormida. Sonriente. Tranquila. Sí, seguro, sí, despertará, se levantará, me mirará, entenderá las angustias que por ella he pasado, seguirá sonriendo ya no más para mí, me llamará, entraré, le contaré cuánto me ha hecho sufrir, cuánto he sufrido por su causa todos estos días, y hasta peleado por ella, sí, resucitará hoy mismo, sin esperar tres días, ¡hoy mismo! Pero seguía inmóvil. Toda vestida de blanco. La cabeza cubierta con un manto, como la Virgen, que agraciaba las líneas del rostro. Repasé su frente, sus pestañas, su nariz, el óvalo de su cara, sus labios finísimos.

Entonces comencé a oír lo que decían dentro de la sala y en la calle:

— qué chula — qué primorosa — qué perfecta — elegante hasta en la muerte — sobre todo: una santa: se desvivía por hacer beneficios — muy estricta — da cáncer permaneciendo mucho rato junto a un muerto, con el olor que se desprende del cuerpo — muy caprichosa. . .

Me jalaban para que dejara el campo a otros.

— Ya estuvo suave, tú bájate — con mayor fuerza me agarraba a los barrotes, contemplándola con la esperanza de que me tocara ver el milagro de su resurrección.

— Sí, muy caprichosa; dejó plantados a varios novios, ya pedida, con las donas hechas y hasta corridas las amonestaciones; diz que uno se mató de la desesperación o por el ridículo en que lo puso — era muy castigadora: le encantaba — muy pretenciosa — apretada — Dios la haya perdonado. . .

El olor de las flores comenzó a marearme. Resistí con fuerzas. No hacía caso ni de los jalones, ni de lo que oía y me disgustaba. Por seguir viéndola entre flores. Y más que, por sorpresa, la descubrí reflejada en la luna del gran espejo, vista de frente.

—Que se bajen, vagos ociosos — eran unos catrines enojados que me arrancaron de la reja, entre las risas de mis amigos y demás concurrentes. El ridículo, la vergüenza, el mareo, el coraje ciego — pero lo más seguro es que fue respeto por la Niña — sosegaron mis ímpetus de patearlos por parejo. Despechado regresé a casa (*los dejó con las donas compradas y corridas las amonestaciones — le encantaba coquetear — nunca se le quitó lo coqueta* — ¡qué mentiras! ¡puras mentiras!) En el camino escuché:

—Hoy mismo en la tarde será el sepelio, antes de que se descomponga, que comience a corromperse.

Mi madre me contempló con gran atención: pasó la mano por mis cachetes y la detuvo en la frente, como cuando quiere saber si tengo calentura.

—Estuve platicando con ella en la ventana, agarrado a la reja — me contuve de agregar: como los novios.

—Propasas la raya de tus locuras.

—Madre, ¿qué significa sepelio?

—El entierro.

—¿Cómo? ¿Sin esperar que resucite? No hay que dejarlos.

—Todos hemos de resucitar en el valle de Josafat, el día del juicio.

—Ya entonces ¿a qué?

—Cállate mejor: estás loco de remate.

—Lo mismo dicen: que era loca y le encantaba...

Levantó las manos en ademán de pegarme; pero se tapó con ellas la cara y salió aprisa del cuarto. Afligido, busqué la carta para los Reyes; pero la esperanza, ¡última esperanza! me detuvo.

Llegó mi padre. Oí que decía:

—Acaban de ponerla en la caja; una caja blanca, muy lujosa; por cierto que no faltan críticas: que por las dudas le hubieran puesto rayas negras o fuera grisecita, entre azul y buenas noches — oí que mi madre lo interrumpía con voz alterada:

—¡Cállate, por Dios! Tú y el muchacho van a acabar con mis nervios.

No se habló en la comida. Tampoco me regañaron por mi falta de apetito. Acabando de comer, suspiró mi madre:

—Se fue derechito al cielo. Era un alma blanca.

Esperé a que saliera mi padre para preguntar con tiento a mi madre si asistiríamos al entierro.

—Lo veremos a la vuelta de la esquina.

Mientras llegaba la hora, saqué de la memoria y fui rejuntando detalles: el catre de latón con reflejos de oro, donde dormía; el cojín de raso; las coronas a montones; la luna del espejo donde la vi de frente; *antes que se corrompa;* ¿ella? *sí, dicen que se engusanan, que apestan, y más un cuerpo como el de ella, tan llena de vida: una verdadera desgracia;* está en el paraíso; ¿dónde es? ¡el monumento destrozado! las donas compradas; *no sé que atracción ejercía en los hombres;* yo soy hombre: luego. . . ¿qué irán a hacer con sus cosas? ¿a dónde irán a parar, caso que no resucite? ha de ser hoy mismo, antes del entierro, y no hasta el valle de Josafat; ¿por dónde se va? Los catrines que me arrancaron de la ventana, las gentes viles que se rieron; ya nunca tendré amigos; los dedos de las manos entrelazados, como Virgen de los Dolores; *¡tan linda!* y el sufrimiento de los hombres. Aquí apareció un recuerdo de la escuela, cuando hablan de los que sacaban corazones para ofrecérselos a sus dioses; ¿sonsacadora de corazones? ¡qué bueno! el mío está listo para cuando resucite; ¿por qué ahora precisamente tanta tristeza, siendo día de Reyes? ¡ah! con razón jamás les he tenido demasiada fe; pero vamos a ver: ha de ser antes de las cuatro de la tarde...

Desde las tres y media conseguí que saliéramos. Encontramos gran animación en el barrio. Libres de aburrimiento con la novedad, las caras de los vecinos reflejaban alegría, como si fueran a una fiesta. Mayor era la desconsideración de los muchachos, al extremo de darme vergüenza ser su amigo, y recordando sus risas de la mañana, o adivinando lo que pensarán, lo que me dirán: —*éste andaba pegado a las pretinas de su mamá por miedo a la pelona,* los miré con aversión, resuelto a no juntarme ya nunca con ellos.

Por entre las nubes podía verse la rueda

del sol, amarilla, que alcanzaba débilmente a iluminar paredes y semblantes, con transparencias mortecinas. Dispuesto a ver, ávido de ver, esperanzado en ver, hubiera querido no oír. Las palabras me hacían el efecto de gaznuchazos en las orejas, y tuve que aguantarlas desde que salimos hasta que regresamos. *—Qué bueno que se quitó el agua y quiere salir el sol, para ver a gusto cuando saquen el cuerpo.* Apreté la mano de mi madre. *—Se adelantó la corrupción, hinchándose, desfigurándose, horrorosa, ella que asombraba de tan linda y arrogante, no se puede soportar la hediondez.* La mano de mi madre tembló. Con las palabras oídas enredáronse a golpes mis pensamientos. (*—Así será el milagro más patente.*) Cuando dimos vuelta, llegaban coches y más coches, formando interminable hilera. *—El carro fúnebre no llega todavía.* (*—Que ni lo traigan, pues no lo van a necesitar.*) Terriblemente fría, la mano de mi madre sudaba. Vimos llegar a mucha gente catrina, hombres y mujeres. Muchas mujeres bonitas, elegantes como ella, con unos zapatos vistosos, que se oían taconear hasta donde nos encontrábamos; cubiertas con mantillas finas. Estiré la mano de mi madre y poco a poco la hice acercarnos más acá de la esquina.

—Hace frío, y este sol descolorido entristece más: enero y febrero, desviejadero (*—¡Bueno fuera! tanta vieja chimosa y no la Niña en la flor de la edad.*) Seguían llegando coches, catrines, hombres, mujeres bellamente enlutadas, misteriosas, parecidas a la Niña Esperanza. Mi esperanza de resurrección en vilo. (*—¡Ahora o nunca, Santos Reyes, queridos Santos Reyes!*) *—La señorita Esperanza tenía chorro de relaciones, por eso nos veía con lástima.* (*—A ti sería, por méndigo. ¡La señorita! bonita palabra: se me había olvidado, ¡Señorita!*) Noté movimientos de sorpresa en los curiosos; corrían apresurados.

—¡El milagro! ¿Los Santos Reyes? — grité. Mi madre me dio un tirón de manos.

¡Espanto! Era el carro fúnebre que apareció tres calles adelante; a galope, piafando, los caballos llegaron, se colocaron a la cabeza de los coches, frente a la puerta; los veía con cara de comerse al que se les pusiera cerca, de querer meterse furiosamente a la casa y patear cuanto encontraran. (*—¡Mi monumento destrozado! ¡mis esperanzas!*) *—Con lo que un entierro así de lujoso cuesta, saldríamos de pobres, o sencillamente con el valor de las coronas.* El carro, los caballos eran blancos, majestuosos; encima, un ángel hincado, con las alas plegadas, llorando. (*—Si llora es porque sabe que no hay esperanzas. . .*) *—Si no negros, por lo menos debían ser pintitos, por las dudas. . .* Hubo risas maliciosas, malvadas. De un tirón me solté de la mano de mi madre; pero ella volvió a cogerme aprisa, con fuerza. Comenzaron a sacar coronas y más coronas, los empleados de la funeraria.

—Luego. . . ¿siempre? — mi madre hizo gesto de que me callara; sus labios temblaban como rezando; tenía los ojos rojos, a punto de llorar, conteniéndose. Frente a la puerta hubo nuevo movimiento. Comenzó a salir la gente. Los muchachos arremolinábanse trepados en las ventanas, luchando por ver mejor. Vi, sí, no pude cerrar los ojos, vi que sacaban despacio la caja blanca, bonita, y que poco a poco la metían en el carro; que los caballos daban pezuñazos y movían las cabezas con impaciencia, queriendo arrancar, soltarse. *—Son caballos muy finos ¡qué lujo!* (*—Como ella.*) *—Venido a ver, para qué, ¿para que al fin y al cabo se la coman los gusanos?*

Estiré la mano de mi madre violentamente para que nos retiráramos en dirección a la casa. Oí, pero no vi, ya no quise ver cuando el entierro se puso en marcha. Como hacha de carnicería caían sobre mi cabeza las palabras: *los gusanos, los gusanos se la comerán*. Llegando a la casa, hice añicos la carta; pisoteé los pedazos; los junté y los eché al común para que nadie los viera. Me puse a esperar la hora de ver las estrellas en el cielo. Mañana el mundo será menos bonito. La jaqueca otra vez me derrumbó en la cama. Desde allí, cuando se hizo noche y llegó mi padre, oí a mi madre:

—Me avisaron que estoy en la lista del reparto; Dios quiera que me toque algo de su ropa interior; para burlas y mortificaciones no tendría si me tocara una blusa o una falda; ¿de qué me servirían si ni cuándo ponerme esas catrinuras?

Sí, sí, su ropa interior. Salí al patio, alcé los ojos al cielo en busca de las estrellas, dominado por la inquietud de no saber cuál de ellas sería. ¡El cielo estaba nublado!

En la calle jugaban los muchachos como todas las noches. Como todas las noches, las campanas dieron el toque de ánimas y los clarines el de queda. No pude contener más el llanto. Sin esperanza. Sin Esperanza.

Mañana...

Mañana comienzan los reconocimientos en la escuela.

LAS AVISPAS

O LA MAÑANA DE CENIZA

NO CABÍA DUDA DE QUE LO ESTABAN ESPERANdo. Las miradas como piquetes de avispas. Desde que comenzó a encontrar muchachos en el camino. Quiso tranquilizarse, agarrándose a la esperanza de que fueran figuraciones del malestar con que despertó esa mañana. Pero ya entonces, antes de vencer por completo el sueño y la pesadez de los párpados, había sentido inquietud, primero difusa, luego en creciente, a la medida de que, sin conseguir la hilación de sucesos, lo doblegaba la certidumbre de actos cometidos la víspera, irremisiblemente. Personas conocidas lo habrían visto. El escándalo trascenderá. Le reventaba la cabeza. Sufría sed atroz, náusea. Del paladar al vientre corría lumbre. Abrió los ojos con dificultad. Los sintió congestionados. Con mayor dificultad logró incorporarse. Perdió el equilibrio al ponerse de pie. Tambaleándose fue al espejo. Vergüenza del rostro embotagado, los ojos enrojecidos. Verse así, a sus años, en tal estado. Se le atragantó el calificativo. Lo venció la náusea. El recuerdo de la escuela fue más punzante que la jaqueca. Faltaría. Por primera vez en veinte años. La certidumbre más afrentosa era la familiaridad pública con la profesora Gutiérrez. De por sí no faltan malévolos que lo motejan de hipócrita; le inventan sucias historias; su carácter enérgico, su apego a la disciplina quedan en vulgar sadismo, ejercitado por costumbre sobre los alumnos en forma brutal y, con medios de refinada perversión, sobre las maestras, víctimas preferentes del tartufo, según las malas lenguas. Cómo se darán gusto cuando corra, exagerada de boca en boca, la reseña del carnaval. Hasta ese día, por más que le buscaran motivos, la señorita Gutiérrez era la única entre las profesoras que había escapado a murmuraciones maliciosas; gozaba fama de intachable. Tanto tiempo en acecho, hambrienta, la jauría de resentimientos y envidias se le vendrá encima; pero a quien morderán con mayor saña será al corruptor que no sabe respetar el decoro de sus subordinadas. Como si los estuviera oyendo. La compadecerán, llenos de mentirosa lástima. ¡Inocente! Hablarán y no acabarán. Evacuada la náusea, el cerebro aparentó calma para discurrir lo que mejor le conviniera. Seguramente la señorita no concurrirá. La falta de los dos empeorará la situación. Aumentó la jaqueca. El malestar general se acentuó. Por ningún motivo él faltará. Sería echar más leña al horno. Enfermo crónico de agruras, jamás como ahora lo torturó el padecimiento. Doble ración de carbonato. Una jarra de agua. ¿Y si los dos concurren? ¿Cómo lo mirará ella? En fin ¿cómo fue? ¿cómo pudo suceder? Apremio del reloj matraquero. Comenzó a vestirse desfallecidamente. Todo el cuerpo le dolía, como si lo hubieran apaleado. ¿Cómo comenzó la cosa? ¿Cómo, quién lo arrastró al desorden? La jaqueca. Otra vez la náusea. Si lo vieran los muchachos. Las huellas no desaparecerán por completo. Decididamente faltará. No tendrá cara para presentarse, ni menos para encontrarse con la señorita Gutiérrez, y mucho menos para sostener el careo de ambos ante las miradas impertinentes de los muchachos. Como si los viera. Impertinentes. Burlones. Vengativos. Acaso estalle alguna risa oculta o por lo menos haya murmullos molestos, estrictamente prohibidos por la disciplina del plantel; es posible, aunque improbable, que se llegue al monstruoso desacato de alguna trompetilla anónima o chungas por el estilo. La idea lo llenó de indignación, levantó el índice amenazante de la mano derecha y precipitó el desahogo de la náusea. Vengativos ¿de qué? si el rigor disciplinario es por su bien. Sólo eso faltaba: que trataran de burlarse del superior. No, de ninguna manera faltaría. El deber. Habrá que hacer una demostración contundente de autoridad y llegar, en caso necesario, al escarmiento. Descubrir sumariamente a los culpables de disolución escolar. Tembló de cólera. Siempre, todos los años, sin faltar éste, ha combatido la celebración del carnaval. Fue vil trampa la que le tendieron y en la que lo hicieron caer; una canallada; una infamia sin nombre. Para luego decir: el diablo predicador, el hipócrita, el maestro disoluto. Las manos temblorosas por la cólera y la deshidratación dificultaron la tarea de rasurase. Sinceramente le ha repugnado siempre la idea misma del carnaval, no sólo los excesos a que da ocasión. Se cortó varias veces la cara, con el consiguiente desbordamiento de bilis. Los indisciplinados, únicos culpables del contratiempo, lo pagarán. Y la jaqueca. El reloj reumático dio siete llamadas vacilantes. Hecho un santocristo, la barba sin desencañonar, apresuró la maniobra, se dirigió al aguamanil, tiritó, titubeó; la necesidad y la esperanza de borrar huellas lo decidieron a enjuagarse. Como todas las tardes, al salir del trabajo, había ido a merendar, con el propósito de recogerse más temprano que de costumbre, huyendo de comparsas, borucas y encuentros inoportunos. Lo respetan al mismo tiempo que familiarmente lo miman en la hostería donde a diario toma sus alimentos, excepto las contadas invitaciones a casas de discípulos o amigos, que por misantropía procura rehusar. Establecimiento modesto, apacible. Hace diez años que lo frecuenta. Es allí una institución, intocable. De allí le llevan el desayuno, las mañanas en que anda con apuros de horario. Se aplicó abundante alcohol en el rostro. Disminuyó la sangre. Frescura. Bienestar. Mitigó la jaqueca. Se vistió apresuradamente. Parco en el comer y callado, lo atestiguan por años los dueños y conclientes; jamás ni una cerveza: sólo agua; tampoco le gusta gastar tiempo antes, durante o después de ser servido, ni tener compañía o cambiar de sitio. Ayer le molestó que se sentaran esos amigos a su mesa y le sacaran conversación, por más deferencia que le merecieran: uno, el tesorero municipal, e inspectores los otros dos; personas de relieve local, a quienes necesidades de la escuela lo han hecho recurrir alguna vez, o sea, que les debe favores; ningún motivo de desconfianza; sólo el habitual desagrado de ver allanada su intimidad; siempre lo habían visto con respetuosa consideración, sin el menor desaire, sorna, crítica, lástima, o desprecio, que muchos otros vecinos le infieren; serios, estimables los tres; el hijo de uno de ellos es alumno sobresaliente, no por favoritismo, sino por méritos, pese al rigor implantado en la escuela, lo que la distingue de las otras, con beneplácito de las familias amantes del orden. Pero el demonio del carnaval es tremendamente implacable. Nada respeta. — *Maestro, siquiera por ser hoy martes víspera de cuaresma, tómese una cerveza con amigos que lo estiman.* Alegó urgente ocupación. Hizo intento de levantarse. — *Entonces un café. No nos desaire. Tenemos ganas de platicar. Hay tan pocas oportunidades.* No pudo rehusar. La serpiente del halago se arrastró: — *Un hombre culto, espíritu fuerte, de una pieza, conducta íntegra, irreprochable, insobornable en el cumplimiento del deber, ejemplo de ciudadanos, dechado de maestros, mentor lleno de merecimientos*... Lo hubieran puesto sobre aviso, espantado, si las adulaciones cayeran en chubasco. Se las administraron en dosis espaciadas. Con diabólica sagacidad. Lo recuerda. Cuando al buscar en el bolsillo el frasco de sacarina, se le adelantó — no logra recordar cuál de los tres — y, afirmando usarla él también por prescripción médica, vació algunas pastillas en la taza del sorprendido. El recuerdo lo punza; mas lo hace ver con claridad. Hasta cuándo viene a recapacitar si el café le supo ácido. La plática lo enredó. Una extraña excitación lo invadió, se apoderó de su voluntad, como si lo liberaran, como si lo desvistieran, y en vez de avergonzarse, sintió contento. Poco a poco. No de golpe. Como quien temiendo sensaciones bruscas entra lentamente a un estanque cuya sabrosura va gozando a choques hasta que por entero penetra en ella y la disfruta, plena. Lejos, más y más olvidadas las oscuras ropas sucias. Despojado de pesimismo, de recelos, llegó, lo acogió la calma; pero antes o después, viéndose desnudo, se sintió desamparado: con ansia de simpatía, y comprensión, y calor, y efusión, y compañía. Dar para recibir. Al ponerse de nuevo, ahora, los pantalones, la corbata, el saco, experimenta la angustia del condenado a demostrar el cuerpo del delito. El vértigo reconstruido apenas. Insurrección de apetitos. Alegrías viejas, recobradas, en el súbito estado de placidez. Recobrado alboroto de la sangre. Anhelos. Angustias de la dicha. El abandono. Se despeñan las imágenes, inducidas a la vorágine del carnaval. ¿De qué hablaban los cuatro? Lo halagaban entre brasas políticas, diagnósticos y pronósticos locales, revelaciones incitantes; le demostraban confianza, haciéndolo partícipe de vidas, de secretos ajenos; introduciéndolo al círculo de intimidades, de indiscreciones; le insurreccionaban deseos reprimidos. Círculo, mundo, universo brillante, que le devolvía la olvidada alegría de vivir. Se halló — se halla en el terrible despertar trabajoso — arrastrado al portal, centro de la baraúnda, en el torbellino de comparsas y desenvolturas. Lo hicieron tomar una copa dulceamarga. — *Es inofensiva: buena para los nervios* — le dijeron para vencer la ya débil resistencia. Último sobresalto. Nueva delicia. Desenvoltura, como si estrenara nervios, músculos, que le pedían, con insistencia de alumnos guerrosos, actuar; permiso que se tomarían si no se los daba. El mejor de los mundos. Todo, al alcance de las manos, a la medida de los deseos. Contagiosa risa de los tres acompañantes, complacidos por la liberación del misántropo. Empujándola. Señalándole incentivos. No hacían falta. Qué sabía él dónde, cuándo lo abandonaron o los abandonó. Necesidad de nuevas libaciones. De ternura. Él, que se jactaba de haber suprimido las necesidades. Qué bueno que se fueron, dejaron de vigilarlo. El rompecabezas de la memoria se hace indescifrable. Hasta dónde brincos de sueño, hasta dónde revoltura de realidades. Aparece aquí, distinta, nítida, la descubierta sensación del olor a muchedumbre, con la sorpresa de hallarla gustosa, con ser acre, sofocante, revulsiva. Embriaguez de aquella mezcla de sudor y aromas. Irreprimible impulso de lanzarse a las viscosas aguas del maremágnum. Confusión de imágenes, tactos, ruidos, palabras. Piezas que no encuentran acomodo. Caricias de máscaras. Ilusiones de identificar figuras, voces, historias imposibles. — *Cómo has podido vivir viudo tanto tiempo* — ¿se lo dijeron o lo soñó? También: — *¡Pobrecito! ¡Encanto! ¡Tan solito!* — ¿lo compadecían, se burlaban o era en serio? No puede ser sueño: lo besaban y huían, riéndose a gritos. Tal vez por su indecisión. Tal vez por la furia con que trataba de asirlas. No se recuerda a sí mismo, ni lo que hizo. Sólo máscaras, máscaras, máscaras en apariencia de mujeres interminables, dando vueltas, apretujándose, rodeándolo. Atractivas, repugnantes. El vértigo le devuelve una. Pero ahora que son las siete y media de la mañana, duda si realmente fue la señorita Gutiérrez o alguna impostora, que a título de suplantación le permitió ciertas licencias. Esto mismo ¿es verdad o fue sueño? Menos le preocupa recordar quién lo rescató del desorden y lo condujo a la cama. Tinieblas impenetrables. Asco de sí mismo. Y el creciente terror al escándalo. Y la furia contra los tres malvados que lo engañaron. Aunque dude si tuvieron mala intención y, a unos cuantos pasos, ya en la calle, reflexione si era en efecto sacarina o alguna droga lo que pusieron en el café, y si todo se debió a la propia flaqueza excitada por la conversación, que dio cuerda a deseos contenidos, tanto tiempo disimulados. Como esos alumnos que aparentan santidad frente a la férula y en la primera ocasión se vuelven demonios. En esto iba pensando cuando sintió el primer piquete de avispa: un muchacho de sexto año, al adelantársele por la otra acera, le clavó la mirada, obligándolo a reparar en lo lento e incierto de sus pasos, y a buscar justificación: — *Qué, ¿no tengo derecho a enfermarme alguna vez, y sin embargo, no faltar a mi deber?* pensamiento cuyo eco resonó en lo profundo de la conciencia: *emborracharme alguna vez.* De nuevo el redoble de la jaqueca en la bóveda del cráneo, hasta la nuca. El tormento de la sed. Procuró caminar erguido, firme, sin tambalearse. La banqueta, las perspectivas de la calle bailaban.

Penoso esfuerzo de andar con aplomo. Desolación angustiosa. Lumbre de agruras. Para empeorar, se soltó el hipo. Menudearon las avispas en las cercanías de la escuela. Sí, allí estaba el panino. Desde la esquina, en grupos, aglomerados a la entrada del plantel, contraviniendo flagrantemente las disposiciones relativas. Grandes y chicos. De todos los cursos. Lo esperaban. Fieros. Con semblante de conspiración y venganza. La mañana era desapacible. Se habían levantado los vientos que dan a febrero fama de loco. El picoteado se aferraba todavía a la esperanza de que fueran figuraciones y pudiese atribuirse su estado a enfermedad. — *Enero y febrero, desviejadero.* Simuló accesos de tos y se cubrió la boca con un pañuelo. La boca y parte de la cara, como defendiéndose de las corrientes de aire. Se defendía de la malsana curiosidad. Recordó sus ojos inyectados, los arañazos de la navaja en el rostro, al rasurarse con torpeza. Las campanas de la ciudad lo aturdían con sus toques graves, lentos, inacabables, que convocaban en miserere a tomar ceniza. — *Memento homo...* Los enjambres aguardaban con aire provocativo, pero el inveterado temor al tirano los contenía. Con relámpagos en los ojos avanzó, tosiendo con fuerza, para justificar que no anatematizara la violación de la disciplina en el sitio mismo en que tumultuosamente se perpetraba; el paseo de la mirada dura daba a entender la identificación de los culpables y el castigo que les esperaba; disimuló la vista de antifaces carnavalescos; aun se hizo el desentendido al oír que alguno murmuró: — *Lo arañaron las gatas*; pasó por alto las risas sofocadas; y aun soportó, en el corredor, la presencia, la mirada compadecida de la señorita Gutiérrez; el desencanto que le produjo la limpidez de sus ojos y frente; solícita se le acercó, le preguntó:

—¿Está usted enfermo, señor director?

LAS AVISPAS, CRUELES. PEDRO, JUAN, Francisco, habían madrugado, se habían apostado en las inmediaciones de la escuela y sembraban la *novedad* entre los que iban llegando, no pocos de los cuales ya la sabían con mayores detalles.

—Tanto, que ahora mismo vendrá mi padre a sacarme de la escuela y a decirle su precio al cochinísimo maistro, sin perjuicio de poner queja a las autoridades.

—A mí no me lo contaron. Yo lo vi, yo. De no creerse.

—Yo también lo vi: copa y copa en los portales.

—Yo, peor, lo vi en el casino, cuando lo más animado del baile. Bonito desorden. Imagínenselo tratando de agarrar a cuanta mascarita pasaba. Era el hazmerreír. Lo cucaban. Y como andaba muy pasado, con facilidad lo tumbaban al suelo. Qué carcajadas. Llegó a darme lástima, por más que tenga tanto que sentir de él.

—Pues dicen que anduvo amartelado con algunas de las maistras, quién sabe cuáles, porque iban disfrazadas: lo supieron hacer mejor.

—En mi casa refirieron el hecho los mismos que lo llevaron a acostar; aseguran que estaba ahogado en vino; como fardo tuvieron que cargarlo.

—Yo lo vengo diciendo hace tiempo, hasta en mi casa se los he dicho: pura música, es un música, mosca muerta.

Cuando fueron llegando las maestras, alguna se sorprendía, con aire cómplice oía, escandalizada, pero satisfecha; otras pasaban de largo, temerosas de comprometerse. Un grandullón de sexto año se atrevió a preguntar a la profesora de segundo:

—¿Le ha pegado a usted, como dicen que le gusta hacerles a las profe?

—¡Qué esperanzas! ¿A mí? — dio media vuelta.

—Muchos hemos oído cómo se quejan, lloran, cuando las llama a la dirección; las hemos visto volver al salón llorosas, cariacontecidas, con los cachetes colorados. ¿Es o no cierto?

Los menores procuraban escabullirse, asustados por los cuentos y por la confabulación de los grandes.

—Lo que yo vi una vez fue que le hacía cariños a la profe de cuarto.

—¿Qué cara traerá? Puede que quiera desquitarse con nosotros.

Corrió la consigna de que se le quedaran viendo todos, con los ojos pelados, sin quitárselos de encima, resistiendo las miradas que les echara, por amenazantes que fueran. Alguien llegó corriendo:

—El director viene haciendo equis por la banqueta, como borracho.

—¡Changos! ¡Clavarle los ojos! Que los sienta como agujas, como alfileres ponzoñosos. No quitarle la vista. Muy serios.

—Como haciéndole cardillo.

—Que nos pague los trancazos que le gusta darnos.

—¡Listos! Allí viene. ¡Todos como avispas bravas!

DISCURRIÓ ENCERRARSE TODA LA MAÑAna, sin salir de la dirección. Iría llamando, uno por uno, a los que al entrar lo miraron con más impertinencia y a los que tienen fama de revoltosos e indisciplinados. Mentalmente les pasaba lista. Tocaron a formarse. Contra su costumbre, no salió a vigilar el acto en el patio. De verdad, estaba enfermo. El conserje llegó con el aviso de que la maestra de quinto año se justificaba de asistir por enfermedad. El reglamento prescribe al director suplir las faltas de los profesores al frente de los grupos; pero es libre de hacer cambios; ahora, por ejemplo, puede mandar que lidie a los de quinto la maestra de cuarto, de tercero, esto es: la de segundo, señorita Gutiérrez, y substituirla él. Cómo es ella capaz de tanto disimulo: su misma voz, con la que ahora lo saludó compasiva, es la que anoche lo compadeció, aunque bajo máscara, dónde, cómo, asombrándose, lamentándose de que hubiera podido vivir tanto tiempo viudo; la misma voz infalsificable lo llamó *pobrecito,* con desconocida ternura, y éstas las mismas manos ayer besadas, acariciadoras, la misma piel suave. Sería una cobardía. De ninguna manera. Ni la de tercero, ni la de cuarto. ¿Quién podrá sacarlo de dudas? No es posible que pueda fingir a ese grado, como cualquier vulgar cómica o coqueta. No. Las fieras las afrontará él. Ordenó con dureza que se retirara el conserje. Ávidamente bebió uno, dos vasos de agua. Le sublevó la injusticia que lo hacía víctima. La impotencia de intentar algo sobre los tres malhechores: el tesorero municipal a la cabeza. Se harán los inocentes, por principio de cuentas, como si los viera, y hasta se ofenderán con la recriminación. Claro: la de quinto no podía faltar a los desórdenes del carnaval y amaneció indispuesta; la reconoció, era ella la que muchas veces trató de sonsacarlo, aunque sin hablar, de nada le servía el disfraz. No puede tardar: el grupo espera en el patio, desde aquí lo ve, conspirando. Lo más pronto. Cubierta la boca y parte de la cara, salió tosiendo. Sentía que lo miraban desde todos los salones, hasta las profesoras. Como quien cruza el patio del fusilamiento. — *¡Alinearse! ¡Firmes!* — ordenó. Como pelotón de fusilamiento, los de quinto. — *¡Marchen!* Las campanadas de ceniza caían al patio sin cesar, de todas las torres. Levantó los ojos. El cielo turbio, inclemente. A pausas, las llamadas mortales, monótonas. Aire inconfundible de cuaresma. Color acerado de la luz. Iba tras del grupo. En el extremo del patio, ya para entrar al salón de quinto año, vio a una bandada de golondrinas que surcaba el cielo. Sombra de rencor. Envidia inconfesable. A la descarga de miradas insolentes en el patio, siguió la insolencia con que los mozalbetes caminaban tongoneándose — pantomima de carnaval; de la embriaguez, de las indecencias del carnaval — y el ruido provocativo cuando entraron en el salón, atropellándose. Habría sido cobardía dejar de venir, mandar a la señorita Gutiérrez; hacerla caer en la boca de los leones; a torear el guaricho de avispas. Una coqueta cualquiera ¡quién sabe! Retrasar la entrada los envalentonará. Silencio. Pero posturas inconvenientes en las filas, de pie, a lado de los pupitres. En el pizarrón, al frente, con letras groseras: TE MANDASTE, y el grotesco trazo de un bufón. Avanzó, la regla en ristre. Ocupó los diez pasos hasta el estrado en sofocar el frenesí de su cólera, los instintos de su crueldad, y en discurrir si se haría de la vista gorda, si mandaba borrar el ofensivo pregón a tiempo de dictar sentencia general, o si lo borraba él, no dándose por aludido, restándole importancia, sin perjuicio de posteriores medidas.

Ascendió a la tarima. Miró el pizarrón. Tomó la regla. Con descompuesta fuerza marcó los toques reglamentarios del movimiento para que los alumnos ocupen sus asientos. Cincuenta ojos le clavaban el aguijón sin cejar. Provocadores. Insolentes. Enrojecidos por vengativa pasión. Y los golpes de la jaqueca. La sed angustiosa. El cuerpo, hasta el último nervio magullado. El mareo. Nuevo ludibrio sobre la mesa: un papel con su caricatura en apariencia de payaso, en actitud obscena, junto a una mascarita, y abajo, con letras deformadas: EL DIRE - LA PROFE, y más abajo: BIBA LA BIDA. MUERA EL DEVER. Supo contener su estallido. El revuelo de las avispas era cardillo. Brincaban los ojos cargados de malicia, sin dejar de picar. ¿Todavía es esto, con la sed, la jaqueca, el mareo, la escena del dibujo, vivida, soñada, la señorita Gutiérrez, la prolongada viudez, el rencor contra los tres malvados, la impotencia, todo esto aún es pesadilla? Lo peor, las avispas. En treinta largos años de maestro riguroso, fecundo en inventar castigos, nunca se le había ocurrido igual tortura. La impotente regla en alto. Anunció que harían un ejercicio de ortografía al dictado. Mandó que alguno viniera al pizarrón. Comenzó a dictar, con voz concentrada: *La paciencia del varón Job conocía límites, caso que la probaran calumniosos holgazanes y pusieran en juicio su virtud...* Apagada, sonó una risa. Cuan largo era se irguió, adelantó dos pasos. La náusea. A punto de tronar la voz, no pudo contener el vómito. Estalló unísona carcajada trepidante. Angustia del que se muere sin cumplir su venganza. Se muere descubriendo crueldades que no practicará. Impotente a manos enemigas. La señorita Gutiérrez no se las pagará. Ni siquiera sabrá si ella fue o cualquier vulgar impostora mercenaria. Si era sacarina. La maldecida hostería. El vómito, como inacabable diluvio. El baile de las avispas implacables. La carcajada del juicio universal. El fin del mundo. Las golondrinas. Las campanas. Miércoles de ceniza. Martes, ayer, de carnestolendas. Alzaba la mirada. No, implorante no. Amenazadora. Sí, abriría las compuertas de crueldades traídas por la náusea, nuevas, increíbles, no imaginadas en tantos años de oficio. Pero la náusea no se daba por satisfecha. Los ojos acongojados descubrían la saña salvaje, la venganza cumplida, la impasibilidad burlona de los alumnos. Ninguna compasión en alguno. Contenida la náusea, el abatido se derribó en la silla magistral. Silencio. Repuesto, se levantó lentamente, fantasmalmente, inexorable, transfigurado por odio y crueldad, inclemente. Mandó que la clase se inclinara como al juego del burro. De atrás vibró una voz:

—Con qué cara quiere corregir...

De diversos ángulos del salón, en falsete, saltaron gritillos:

—Farsante...

—Borracho...

—Fantoche...

Fuera de sí, ciego, con la regla en el puño, se lanzó contra el guaricho de avispas, acometio a diestra y siniestra, con la regla, con los pies, con los codos, con las rodillas, derrumbando cuanto se le oponía. Vociferaciones, gemidos, llantos en un solo alarido desgarrador. Él mismo gritaba. Como loco, sin dejar de golpear brutalmente. La nube sangrienta que lo cegaba dejó entrever a la señorita Gutiérrez y al coro de maestras. Arremetió contra ellas, enardecido, esgrimiendo la regla ya rota, en astillas filosas. La señorita Gutiérrez no se inmutó. Le ganó la mano con firmeza o él cedió a la mirada compadecida, a la ternura de su voz, al sueño, a la fatiga del placer, el cansancio, la renunciación, el aniquilamiento. Desarmado, la horda iracunda, insaciable, dio en él, encarnizadamente lo derribó, lo pateó, lo escupió, en vano la defensa activa de la señorita Gutiérrez, las exhortaciones de las otras maestras, los clamores de los campanarios, las protestas del viento, el vuelo armonioso de las golondrinas, la llegada de la cuaresma, el entierro del carnaval.

Día miércoles de ceniza. Y el manicomio.

GOTA SERENA
O LAS GLORIAS DEL CAMPO

—NO VEAN TANTO LA LUNA: LES CAE GOTA serena — pero era o el misterio y lo bonito que sonaba eso de *gota serena* — yo no me cansaba de repetir las recién abiertas, armoniosas palabras —; o era la emoción de desafiar el peligro escondido en tan calmante nombre; o era, sí, esto en verdad era: el descubrimiento de la luna; el hecho fue que no me cansaba de verla; no pude despegar los ojos de aquel hechizo de tranquilo esplendor, ni salía de mi asombro por no haber conocido antes a la luna, o no haberme fijado en ella lo suficiente para gozarla bien a bien, como esa primera noche de su encuentro.

—Qué es la gota serena — pregunté sin quitar la vista de la gran cara luminosa.

—Se quedan ciegos.

Tampoco entonces dejé de mirarla, bebiéndomela con los ojos, y pensando para mis adentros que aunque quisiera no podría cesar de verla y gozarla; pero que no lo quería: cualquier daño que sufriera bien valía el gusto de la plácida contemplación.

Se quedan ciegos. Un miedo más en aquel mundo de miedos aparecidos en las bocas; pero que no comparecían a nuestra presencia en ese mundo extraño; mas lleno de magnificencias desconocidas: primero, el sol, el viento; luego, los campos, los arroyos crecidos, los árboles, los pájaros, los ganados, las veredas enyerbadas; de vuelta, el juego de los vientos y el sol sobre las peñas; después, la tarde, la tormenta, el arcoíris, las ramas y los grillos, los alumbradores; y al fin, la luna.

—Sobre todo esta luna de agosto es más mala que las otras.

Estábamos en agosto, sí, muchos meses esperando en aquella cárcel, bajo la promesa, con la esperanza de disfrutarlo en un mundo raro, que semanas y semanas dio trabajo a la fantasía: mundo sin calles, ni coches, ni anuncios, ni focos, ni relojes, ni prisas, ni apuros: mundo de caballos, de ojos de agua, de toros, de cajones de miel, de vacas, y elotes, y codornices, y frutas al alcance del antojo, y charcos para bañarse, y becerros para jinetear, y árboles para trepar y columpiar, y cerros, y tunas, y cuevas; mundo sin escuela, lleno de felicidad.

En el camino, a medida que nos acercábamos, fueron saliendo los miedos enmascarados en pláticas; encabezados por una palabra que no se caía de los labios: la canícula.

—Entramos en la canícula.

—Dios nos saque con bien de la canícula.

Molido por la caminata — habíamos abandonado la ciudad como fugitivos, a oscuras la madrugada, las calles todavía desiertas por completo —, ni quise ni pude preguntar qué terreno era ése a donde habíamos entrado y donde había riesgo de no salir con bien.

Tras la canícula mentaban el maldeojo, el chagüiste, los rayos y centellas, el carbón, el piojo, la garrapata, el maldeparto, el hervor de sangre, la puérpera, el tabardillo, el miserere, las andancias de todas clases, las criaturas y crías monstruos; toda especie de fenómenos; picazones de luna; locos mansos de repente furiosos; muchachas juidas; estropicios de coyotes, gavilanes y otras bestias dañeras; los granizales, alacranes y tarántulas, derriengues, desbarrancamientos, crecientes, mangas de langostas, aguas y frutas envenenadas, almasenpena, espíritus del mal, animales rabiosos, demonios con manos libres, toda clase de microbios, daños y enconos; agonías; agonizantes; desgracias a puños; caballos desbocados, enloquecidos repentinamente; aires cargados de cáncer; pestilencias, y toda forma de muertes, por todas partes: repentinas o lentas, tremendas o sosegadas, esperadas, inesperadas o desesperadas. La muerte. La Muerte. La Pelona. Y la Mala Mujer.

Pero el ejército de agradables descubrimientos era más fuerte; ahuyentaba temores; avanzaba de sorpresa en sorpresa, conforme nos alejábamos de la ciudad, estrenando placeres desde antes de salir al camino. Desde mucho antes, y sin contar la larga espera de ver cumplida la promesa, ni las largas imaginaciones, las largas vísperas de agosto; simplemente desde la noche anterior al viaje, para no referir las ansias de contar semanas que faltaban, el ahínco de cobrar cada día lo prometido, el esfuerzo por pagar el precio de buenas calificaciones en los exámenes, la explosión de gusto cuando confirmado el premio se fijó la fecha de la escapatoria, el alboroto de los preparativos, las espantadas del sueño en el recreo de imaginar hazañas inminentes, la curiosidad a la llegada del arriero y el asistir al trato del flete con indicación de la hora en que al día siguiente deberíamos estar listos para la salida. Esa noche, de plano — por lo menos yo — no pudimos dormir, con el sobresalto de no despertar a tiempo, de andar con prisas o de que algo a última hora se nos olvidara; pero principalmente por el enjambre de soñadas peripecias; creo que mi madre no reposó un momento: la oí toda la noche andar de un lado a otro, abriendo y cerrando cajones, preparando en la cocina el bastimento, llenando maletas, empacando utensilios: las luces prendidas toda la noche. Mucho antes de la hora fijada estábamos en pie, sin necesidad de que nos despertaran; tan temprano era, que mi madre instó a que nos acostáramos de vuelta; mas ya estábamos vestidos y despabilados; tarde se nos hacía que llegara el arriero, salimos a la calle para esperarlo; qué raro sonaban en la acera vacía nuestras ruidosas voces; desesperados por la tardanza volvimos a entrar, volvimos a salir; teníamos puestos ya los sombreros de palma propios para el sol; mi madre nos llamó *locos* y reclamó que tuviéramos juicio, que no comiéramos ansias; debíamos abrigarnos contra el aire de la madrugada; la contestación fue que no sentíamos frío; las reprimendas eran en especial para mí por ser el más alborotador y cabecilla de impaciencias; el silencio del barrio dejaba oír con claridad las horas — qué lentas corrían — del reloj de catedral; acababan de sonar las cuatro cuando percibimos el trote del atajo, que al fin desembocó en la esquina; la revolución de la casa se multiplicó en gritos, carreras, recomendaciones, preguntas; quiso aún mi madre que tomáramos una taza de canela caliente y alguna pieza de pan, para no salir con aislamiento de estómago; entre velas que apagaba el viento y entre sombras, con increíble destreza, el arriero dejó bien afianzado el montón de maletas y demás avíos, nos distribuyó los burros y nos acomodó sobre los aparejos, cortó discusiones y ordenó la marcha. Las calles a esa hora facilitaban mil figuraciones llenas de misterio como en el cine: la de la evasión era la mayormente sensacional, revuelta en ratos con la de sitiados que burlando al enemigo rompen riguroso sitio, y a ratos con la de israelitas al salir de Egipto; para luego cambiar por la de sombras que rondan las casas atemorizando sin dar a conocer si son malhechores, policías o fantasmas. Entraba en hacer de más emoción la aventura, el susto al divisar encendidas a lo lejos las linternas de los gendarmes, y el cortar la respiración para no ser sentidos al pasar junto a ellos; ni caso nos hacían, o se contentaban con mirarnos (algunos ni se movieron, acurrucados en los quicios donde dormitaban); simulando alegría por habernos escabullido (en el fondo era desencanto por el desaire), respirábamos a nuestras anchas, empeñados en inventar peligros y valentías.

Frente a la garita hubo amagos formales; bastó que reconocieran al arriero para que sin dificultad nos dejaran pasar. De allí en adelante los burros trotaron, el arriero rompió a cantar y nosotros gritábamos, temerosos de caer en el abismo de tinieblas. — *No tengan pendiente: aquí el camino es muy parejo, las bestias lo conocen bien y los niños van amarrados* — decía el arriero. Ni siquiera las orejas de los burros podíamos distinguir en la oscuridad. Entonces inventamos — inventé yo — que a lomo de terribles bestias éramos arrebatados en vuelo ciego, y que valerosamente nos afianzábamos de las crines, resueltos a no sucumbir. Las últimas luces de la ciudad y hasta su rumbo se nos perdieron.

Lo bueno comenzó cuando el filo del cielo fue tiñéndose de claridad. O me había olvidado ya, o jamás había visto un amanecer. La primera en anunciar: — *¡El alba!* — fue mi madre; lo hizo antes de que apareciera fulgor alguno en el horizonte, guiada por el lucero de la mañana: — *¿miraron cómo dio tres brinquitos?* — e inmediatamente comenzó a rezar: *El Ángel del Señor*... Yo recordé aquel grito de — ¡tierra! — que nos enseñaron en la escuela cuando lo del descubrimiento de América, y también que para caminar de noche, los navegantes del pasado se orientaban, como los Magos, por este lucero, que me pesó no haber visto en el momento de sus brincos, por más que mi madre nos lo previno. Tardía, pero intensa, gozosamente me dediqué a contemplar el cielo estrellado, que la ciudad ocultó siempre, interponiendo el brillo bajo sus focos. La maravilla me hizo suspirar, o quién sabe si la tristeza de haber perdido los saltos del lucero.

No acababa el rezo del alba, tan breve, cuando una raya gris, como de pizarrín en la pizarra, o de tiza lechosa en el pizarrón, dibujó con torpeza de párvulo el ejercicio de montañas — *cadenas o perfiles*: no recuerdo bien cómo lo llamaban —, que alguna vez hicimos en geografía. — *Cobíjense bien y cúbranse la cabeza: es la hora del rocío: no les vaya a hacer daño el sereno* — advirtió mi madre al terminar el rezo. Rápidamente, como con esfumino — lo aprendí a manejar en la misma clase de geografía cuando llegó el tiempo de hacer mapas —, la raya lechosa se expansó y le fueron saliendo colores, de más en más fuertes: violetas, morados, rosas, a medida que se apagaban las estrellas. Las cobijas, la pelambre de los burros estaban humedecidas, como cubiertas de sudor. — *Es la caída del rocío: miren las yerbas cubiertas de gotitas cristalinas* — dijo mi madre. Bajamos los ojos del cielo a la tierra, donde la claridad permitía ver las yerbas del campo, colmadas de aretes. Un maestro — ya no un párvulo — dibujaba la línea de los montes, igual a los paisajes en calendarios y tarjetas de Año Nuevo. — *Qué verde está el campo: da gusto* —; y el arriero: — *Ha llovido bonito este año, muy parejo.*

Me desentendí del campo para volver al cielo. No conocía el mar; pero en esos momentos lo figuré en toda su gloria. No habría mayor diferencia con el horizonte inacabable de colores que deslumbraban, más que a los ojos, al ánimo sorprendido — *Nos va a hacer bonito día* — pronosticó el arriero y cantó a todo dar. Crecía el oleaje inmenso de tonos azules, nacarados, verdes, oros, en confabulación de nubes que trazaban litorales portentosos. Un gran globo lento, de sangre, salió a la fiesta. No pude contener el impulso de cantar: la garganta lo rompió en estentóreo grito. El sol en alto, revestido de rayos, destruyó los diques de la ilusión marina.

Desde temprano habíamos encontrado, seguíamos encontrando atajos carboneros. — *Eh, cómo han acabado con todos estos bos-*

ques; yo los conocí todavía tupidos; da lástima ver la tierra pelona, llena de zanjones por donde se la lleva el agua — el arriero bajaba la voz para continuar —: *y estos carboneros combinan el carbón con los asaltos cuando ven modo; allí donde los ven tan chifladores, no le dejan a uno ni lo encapillado: son rateros terribles; desde aquella loma, o escondidos en zanjones y cuevas, espían a sus víctimas desde lejos.* — *No asuste a los muchachos* — dijo mi madre. Cambió el arriero de conversación: — *Señora, ya se divisa la hacienda del Consuelo, donde puede conseguirse leche y tortillas calientes.* — *Allí desayunaremos.*

Las piernas dormidas al bajar del burro y dar unos pasos. El más rico jocoque, las más sabrosas tortillas de mi vida. El viento puro, antes nunca respirado. El olor excitante de la tierra. La jornada de sol que nos esperaba por caminos fragosos. El trepar otra vez a los burros tras el descanso, y con mayor alboroto.

Esto fue andar entre nuevas admiraciones y amenazas, como juego del da y quita. Cuan presto nos encantaban el vuelo, el canto de pájaros jamás oídos ni vistos (ese día conocí a los cardenales, a los carpinteros, a las chirinas, a los tildíos, a las calandrias), nos arredraba el rosario de cruces que a un lado del camino señalan sitios de muertes violentas, narradas minuciosamente por el arriero. Si nos recreaba oír un a modo de orquesta que hacía el viento entre los árboles, el arriero soltaba los espantajos de cuántas veces vio tupidos de ahorcados esos bosques, cuando la revolución, y cómo, por lo angosto del camino, testereaba los pies tiesos, las tirlangas de los cuerpos, que servían de instrumentos a la orquesta del aire. Si hallábamos ojos de agua o regatos cristalinos, y nos arrojaba la sed a beber arrodillados, y el calor a empapar cara y brazos, atronaban las prevenciones de cerrar los ojos, de no mojar la ropa, de soplar en forma de cruz para espantar microbios, venenos y malos espíritus, antes de beber; con lo que la alegría del agua encontrada, y de la música producida por los arroyos al correr, al caer entre piedras, y de sus reflejos al sol, se enturbiaba.

Apareció, y se metió por las orejas, y se quedó en los ojos el espectro de la canícula, repetido de allí en delante como letanía de difuntos. Atrás venían, según ya he dicho, las otras facinerosas palabras: maldeojo, chagüiste y demás chusma, engrosada mientras nos internábamos por caminos de más en más estrechos, montañosos; y el sol pegaba con fuerza sin misericordia. Los burros mismos caminaban con dificultad, arreados a chiflidos y chicotazos, cansándonos con su inacabable zangoloteo.

Por eso no quise ni pude salir de dudas en lo de la canícula, imaginada como territorio prohibido al que habíamos entrado como a boca de lobo y callejón sin salida. Lo que dimos en preguntar, cada vez con mayor apuro, fue a qué horas llegaríamos, cuánto faltaba para llegar. El arriero trataba de divertirnos con historias extrañas de tesoros y aparecidos, de chocarrerías y desastres. Quisimos también saber qué hora era, y nos burlamos del arriero cuando dijo que faltaba mucho para las doce; ¿cómo, si habíamos caminado una eternidad? La burla se hizo duro acatamiento cuando el oráculo que nos guiaba explicó calmosamente la posición del sol y el sesgo de la sombra. — *¿No tenían tanto alboroto por el viaje? ahora se aguantan* — dijo mi madre. No hubo más remedio que soportar el traqueteo e inventar motivos de diversión, que se habían acabado con el cansancio. Pronto volvimos a neciar con preguntas. Compadecido, el arriero anunció que pronto llegaríamos al río Achichilco, donde hay sombras para sestear y agua para los animales: — *paraje chulo,* *muy fresco, lleno de flores en este tiempo, y hasta de garzas reales; ya verán qué colores de las aguas en las represas, igual que pinturas de lo fino que pueda imaginarse, y quién sabe si hasta nos toque ver aguilillas; paraje lindo, de veras, que yo mismo no me canso de ver cuando paso, y más en estos días de la canícula.*

Resultó cierto: bonito de verdad. Lo distinguimos desde lejos. Parecía sueño. Aunque más chico, era el mar del amanecer, color de rosa. Blancas, rosas, nacaradas, volaban las garzas a montones, más claras a medida que nos acercábamos. El campo tupido de mirasoles, yedras, tempranillas, manzanillas, sannicolases, santamarías y otros nombres dichos en competencia por mi madre y el arriero. Y árboles de frondosas cúpulas. Y el espejo de las aguas tornasoladas. — *¿Esto es un río? — Un río represado para la siembra de trigo.*

Descendimos. Aventuramos pasos. Desapareció el cansancio. Nos arrimamos a los bordos. Asistimos al milagro de los lirios; pero mayor era el de los lotos, extendidos como estrellas en el cielo de aguas coloradas, donde también se veía el sol, y encandilaba.

El arriero se multiplicaba en hacer una lumbrada olorosa para calentar el bastimento con rajas resinosas y yerbas; en aflojar los aparejos para que los burros descansaran; en curarles, a unos, las mataduras, y a otros las patas espiadas. Comimos a la sombra de grandes árboles; luego nos tendimos, cara al cielo, que se había ido cubriendo de gigantescas nubes luminosas, propias para las invenciones de la fantasía desocupada y feliz. Qué hora, qué sitio dichosos, al fiel del medio día, definitivamente libres de la doble cárcel: ciudad y escuela. Las nubes, las garzas, las altas aguilillas, la mar tornasol sembrada de lotos; ahuyentada la canícula, y alejados los otros terrores invisibles, y el cansancio. — *Tenemos que darnos prisa, no sea que nos llueva temprano* — la voz agorera rompió el encanto con sarta de amenazas —: *el camino se ponga lodoso, las crecientes no nos dejen pasar, haya riesgos de rayos, la noche nos agarre.*

Nos dimos prisa; pero nos llovió. Pudimos probar las muchas emociones — atizadas por los pronósticos del arriero —, desde que la tormenta se pone hasta que se va; las esperanzas de que se la lleve el viento; el avance negro de nubes que cubren el cielo y pueblan la tierra de tinieblas; el desate del huracán y el horror de relámpagos y rayos a campo abierto, en el desamparo del camino. Chicoteaba, gritaba rudezas el arriero apresurando al hatajo; nos consolaba diciendo que la tempestad pasaría pronto, según la furia del aire, zumbando en remolinos, deteniendo el paso de las bestias, amenazando con arrancarnos de los aparejos y levantarnos en vuelo. Esta vez no eran imaginaciones ociosas: era el poder de la naturaleza en su siniestra majestad. Por más que corrimos, nos empapamos; el granizo nos golpeó antes de alcanzar a guarecernos en el tejabán de la más cercana ranchería. Los vapores de la tierra y la casi completa oscuridad en que había caído la tarde nos ocultaban el mundo con cerrado telón. Lejos de serenarnos, las invocaciones de mi madre nos infundían terror. ¿Esto era la canícula o el fin del universo? El arriero: — *Ya verán qué pronto pasa; lo bueno es que no llovió en la sierra y las crecientes no nos detendrán*. Mi duda: — *¿Y si sí, por mala suerte?* El arriero: — *Ni modo entonces de volar: dormiríamos al raso.*

Los truenos fueron los primeros en alejarse y retumbar a distancia. Brotó el arcoíris. Con la misma rapidez de las tinieblas, el cielo se limpió. El sol apareció más brillante, todavía muy alto. El oráculo afirmó que serían las tres de la tarde. Brillaban los cerros, los árboles, las labores, los pastos, la tierra que pisábamos. Los pulmones respiraban alegría. Sentíamos alas, ímpetus de volar. También las bestias. — *Es que ya huelen la querencia*— sentenció el arriero; la buena nueva no se hizo esperar: — *Primero Dios, dentro de una hora estaremos llegando.*

Olvidaba decir que íbamos al rancho de unos tíos, primos hermanos de mi madre. Invitación aplazada de año en año, de unas vacaciones a otras, nunca conseguíamos romper la cárcel de que ya he hablado, lo que aumentaba la tentación de vernos libres en el paraíso que día con día recordaba mi madre, quien también tenía la ilusión de regresar, tras largos años de destierro, desde que se casó. Nosotros, ninguno de la familia nos habíamos despegado jamás de la ciudad en que nacimos y crecimos. Parecía imposible lograrlo. Pero conocíamos, nos era familiar, y puedo decir que vivíamos metidos en la magia de los campos por donde desde chicos oímos correr los recuerdos maternos.

El arriero seguía empeñado — y con mayor tirria cuanto se acercaba más al término de la jornada —, seguía empeñado en borronear — igual que hacíamos con las láminas de sucesos y personajes que nos caían mal en los libros escolares —, empeñado en garabatear la imagen venturosa que durante tanto tiempo vinimos fabricando. Propuesto a no desperdiciar el rato que faltaba, tupió consejas y cuentos, la lengua sin parar, previniéndonos de charcos traicioneros en el río, de crecientes que llegan repentinas, de frutas dañosas, de animales alevosos, de balas perdidas, de borrachos pendencieros, de pestilencias, de muertes que acechan a cada paso. Inútilmente mi madre le cambiaba la conversación. El hombre no salía de los mismos temas: — *Con la canícula se han soltado muchos perros del mal en todos estos rumbos, y hasta gatos y toros hay contagiados... La otra semana se ahogaron tres muchachillos en el charco del recodo... y otro se murió de piquete ponzoñoso...*

Lo que nos impresionó más fue la historia de Cuco Lurio. — *Tengan mucho cuidado con él; aunque de costumbre no hace nada, es un bembo, un bienaventurado manso, se pone a veces furioso con los desconocidos o con los que lo cucan, como chucho bravo, la boca echando espumarajos, los ojos inyectados de sangre, saliéndosele, como toro enyerbado, se necesitan varios hombres para sujetarlo, pues quién sabe de dónde le vienen tantas fuerzas cuando se pone así el idiota sordomudo...*

La llegada de tíos y primos, que venían a encontrarnos, cortó las temerosas historias; las echó al olvido. Apeamos en el rancho con muy buen sol. Tuvimos harta luz todavía para descargar tanta curiosidad por conocer alrededores y rincones de que oímos hablar siempre: la sala, el depósito, la cocina, las piezas, los corrales, el río, la huerta, las terrazas, el plan, el cerro grande. Como brasas al rojo vivo, colosales nubes amontonadas prolongaron la tarde hasta muy noche. Merendamos al parpadear el día, oyendo un concierto de ranas, recontando las peripecias del día, formando planes para dar todo lo ancho a la conquistada libertad. Presentáronse los alumbradores; nos divertimos en atraparlos. Ningún cansancio experimentábamos. El tiempo pasaba sin ser sentido. Jugamos a las escondidas y a otros juegos chistosos, chistosos principalmente por el desconocimiento de la casa, que daba lugar a chascos.

Fue cuando alguien dijo:

—Ya salió la luna: vamos al patio grande.

Fue cuando reconocí que, hasta entonces, la ciudad me había impedido conocer bien a bien la luna.

Fue cuando el descubrimiento me ensimismó.

Y cuando sonaron, gustándome, sin asustarme, las palabras:

—Cae gota serena.

Y cuando pensé: — tanto miedo mentado, que no aparece por ninguna parte, sino al contrario: todo resulta sorpresa bonita, y más, muchísimo más, este raro embeleso, como hechizo, de la luna.

—Esta luna de agosto, la más mala.

Fue cuando pensé que aunque quisiera no podría dejar de verla y gozarla.

Cuando una voz espantada clamó:

—Se están poniendo las palmas — y vi unas nubes embijadas en el cielo, a modo de grandes hojas estiradas.

El azoro cundió:

—¡La calma! ¡La calma de agosto!

—Dios nos ampare.

Me atreví a preguntar. Supe que aquello significaba la suspensión de las lluvias. No comprendí el grado de consternación que la noticia les producía; la exasperación con que nos ordenaron:

—Pronto: ¡a dormir! — sin apelación.

OLVIDADOS DE LA GOTA SERENA, DE LA calma y demás riesgos que atronaron las orejas en el día, dormimos de un tirón, como patriarcas; con la tranquilidad de los patriarcas, según dijo mi tío.

Los cantos de gallos, los mugidos, ladridos, rebuznos y voces despreocupadas nos despertaron temprano. No tan temprano, como me proponía, para ver los brincos del lucero. Había amanecido. El aire tenía no sé qué de sofocante y extraño. Como extraña era la luz — parecía de cobre —, al rumbo del cielo por donde sale el sol. En el aire reconocí espeso sabor de cobre. Como el color de las nubes amontonadas en los cerros.

Comenzamos el día por la ordeña, para tomar leche al pie de la vaca. Luego nos dimos a brincar cercas y terrazas en busca de frutas caídas durante la noche: duraznos, granadas, albérchigos, guayabas, capulines. Sacudíamos las ramas. Probamos el riesgo de trepar a los árboles altos de la huerta y escondernos como pájaros, dando pequeños gritos para que nos descubrieran los que andaban abajo. Nos bañó la luz del sol, que hacía brillar, bañando, a los árboles y a los montes.

Hicimos temblar al sol, arrojando flores y frutas al estanque donde se retrataba, y donde las aguas estremecidas resplandecían sus oros al fuego. ¿Dónde, dónde hallaríamos a la canícula escondida y a los otros maleficios, que atrevidamente buscábamos en la umbría de la huerta, detrás de los árboles, abajo de las piedras, en la pulpa de las frutas? ¿Dónde, cuándo aparecería la gota serena o Cuco Lurio? Se reían forzadamente mis primos al oír las preguntas.

Gruñidos estridentes, mientras almorzábamos, nos atrajeron al patio donde gocé anoche a la luna.

—¡Vamos a ver matar al puerco!

Era el sacrificio prometido para celebrar nuestra llegada, conforme habían dicho: *— Mataremos un puerco y le haremos fiesta completa.*

Lo traían estirando. A la sombra de un pirul, cerca de un cazo al fuego, dos hombres lo tumbaron panza arriba, sujetándolo de las patas; y otro, rápidamente le metió un punzón en el codillo; salió un arco de sangre que prestamente apearon en un bote; se hizo necesario que otros hombres ayudaran a resistir la lucha desesperada del animal por soltarse. Rápidamente, con un cuchillo rasgaron el cuero por media barriga, como si fuera papel, arrancándole la grasa, que aventaban en pedazos blancos al cazo. Habían cesado poco a poco los gruñidos, la furiosa resistencia de patas y dientes. El cuero quedó completamente desprendido, tendido como tapete. Lo que más me sorprendía, y acabó por enojarme y entristecerme, fue la cara sañosa del matancero y la ninguna lástima de los que presenciaban la carnicería tan alevosa del indefenso. El cuerpo inerte iba de un lado a otro según las tajadas que le daban, vaciándolo. Nadie de los presentes mostraba repugnancia por ver la asadura, las tripas con cochinada, el güergüello, las costillas quebradas, el espinazo, la cabeza rasurada, que iban colgando en lazos, repartiendo en cazuelas y lebrillos, o echando al cazo prendido, sin que la sangre fría del carnicero desperdiciara nada. Con ganas de vomitar, no quise ver el fin de la matanza. Con punzadas de cabeza me retiré, me tendí en el catre, oyendo los gruñidos del puerco, sintiendo sus convulsiones, viendo sangre por todas partes, hasta cuando cerraba los ojos.

—He conocido el rostro de la crueldad —reflexioné a solas, màrtillando la frase como loco, la lengua con sabor a cobre, lo que me hizo recordar el extraño amanecer.

Bocarriba, la vista fija en los morillos del techo donde colgaban telarañas y había nidos de golondrinas; brincaba el pulso retumbando en las sienes; congoja de haber caído en destierro sin salida; refugiado en contar y volver a contar los morillos; definitivamente lejos de la luna; definitivamente cerca, en espera inminente de la gota serena, de la canícula y de los otros males, retoñados con fuerza en las punzadas de cabeza, en el sobresalto del pecho.

Irrumpieron a gritos los muchachos: era la hora prometida de ir a bañarnos en el río. Rehusé. Acudió mi madre — venía de la cocina, los brazos y el mandil sucios de sangre y grasa —, me amonestó:

—Tanto alboroto y ahora sales con encerrarte. Anda: el sol, el aire libre te harán provecho para que vengas con apetito a la fiesta del puerco.

En el patio, entre la humareda maloliente del cazo donde los chicharrones hervían, distinguí a un hombre muy alto, seco, tieso, como santo de palo, que hablaba sin mover la cara, con lentos ademanes de los puños mecánicamente levantados como goznes; izaba un bordón en la mano derecha; su voz era clara, pausada; la barba blanca, en piocha de algodones enmarañados; los ojos en blanco, inmóviles, como huevos cocidos.

—Es tío Zancas el de la Majada. Le cayó gota serena cuando muchacho. Viene al olor de la fritanga. Es adivino.

El ciego hablaba con sonsonete de recitación. Erguido. Los oyentes lanzaban miradas de desconsuelo. Se había formado una enorme nube cincelada en plata maciza con figura de cuernos.

—Es el Yunque. Confirma el anuncio de las Palmas, anoche. ¡Mal! ¡muy mal!

—Hay que andar muy prevenidos en estos días en que se da suelta a los espíritus malignos, y no exponerse al peligro — declamaba el ciego.

Nube única en el inmenso cielo de azul profundo; encandilaban sus destellos al sol, mientras por el lado contrario sus contornos eran sombríos. El ciego proseguía:

—Eh, cuántas calamidades veo venir. Dios nos saque con bien al otro lado.

Bonita la bajada al río por entre huertas llenas de frutas y pájaros. Bonito el cauce del río encajonado en peñas de colores y con valla de árboles frondosos que siguen las curvas de la corriente, abrigándola. Bonitos rincones, recodos del camino, que dan ganas de allí quedarnos a su frescura, música y misterio, nada más que vence la tentación de seguir en busca de nuevos recreos para los ojos y la fantasía: cuevas, escondrijos, paraísos perdidos, hilos rumorosos que bajan de las laderas, atraviesan filtros de piedras, pastos de flores, y van a dar al río. Bonitos los charcos a la sombra de sabinos, álamos, chopos y sauces. Bonito bordear el curso de las aguas acá remansadas, allá tumultuosas. Todo tan bonito, tan festival — dondequiera se posara la vista —, que por encanto se disiparon las imágenes ingratas, el malestar de los augurios; y el dolor de cabeza desapareció.

—Sí, ¡la maté! ¡la maté! ¡una aguililla! ¡estoy seguro: es aguililla!

Entretenido en la contemplación de paisajes que se sucedían, olvidé a los muchachos; ni cuenta me di de que a pedradas y resorterazos mataban pájaros. Los gritos alegres del primo mayor llevaron mi atención a la pandilla de asesinos: corrían, brincaban en busca de la pieza cazada; unos más, otros menos, todos traían atadijos de aves muertas: congas, güilotas, codornices.

—¿Qué les dije? ¡mírenla qué chula y bien

dada! todavía sacude las alas, agonizando —el primo levantaba en la mano un gran pájaro, y se jactaba —: con lo trabajoso que son de pegarles, miren qué alas relucientes, qué pico largo tan duro; es como para conservarla desecada.

—Hubiéramos traído escopetas y rifles.

—¿Cómo? Aquí los parientes catrines de la ciudad se habrían asustado; ¿no los estás viendo tan fruncidos?

Caí entonces en la cuenta de que los primos y demás muchachos del rancho nos habían recibido y desde anoche nos veían con envidia y burla, rencorosamente; al mismo tiempo descubrí que, por lo menos a mí, me causaban repugnancia, primero por groseros y ahora por crueles; no había sido tanto la matanza del puerco sino la maldad que brillaba en las caras de los rancheros la causa de mi malestar.

—¿No ves que ni tirar piedras saben? Lo hacen como viejas, y ni a la orilla del río alcanzan: les falta pote.

—Serán muy leidos y muy políticos; pero incapaces de montarle al pelo a un potrillo.

—Y hasta de espantarse los zancudos.

Me colmaron el copete, y aunque reconocí que no tenía sus fuerzas ni sus mañas, y que tenía miedo a sus rudezas, los encaré:

—Ultimadamente ¿para esto nos convidaron a su cochino rancho? Si lo que quieren es pleito, ¡a darle, montoneros! — y esgrimí los puños apretados, enfurecidos.

El montón se me dejó venir con piedras en la mano; pero el primo mayor los contuvo:

—¿Para qué quieren que luego vayan a rajarse con los tatas y se nos aparezca juandiego? ¡déjenlos!

Todavía tuve calma de gritarle:

—Rajones, ustedes; no nosotros.

Y él, conciliador, con risa pazguata, entre burlona y amable:

—Así me gustan los machos. Lo que queríamos era calarlos, a ver si como presumen responden.

—Pues a calar. . . melones, tarugos. . .

Nos distrajeron unos gritos:

—Miren lo que maté — pendiente de un varejón, una víbora. El muchacho que la traía me la lanzó; ardido como estaba, la cogí en el aire, con repugnancia, por no decir que con horror, y la tiré al rostro de uno de los más impertinentes, que no pudo reprimir el espanto; por poco grito: — ¡vean quién es aquí la vieja cobarde! —; no lo hice para no empeorar las cosas con aquellos que no tenían otra diversión que matar y hacer daño. Risas y cuchufletas apabullaron el tardío impulso del miedoso en mi contra. Seguimos río arriba en busca del charco donde habríamos de bañarnos. Menudeaban los malos augurios, las amenazas.

—A ver si cuando aparezca Cuco Lurio pueden correr, o si sale un perro del mal o un toro bravo. . .

—No hay cosa que a Cuco enfurezca más como encontrar catrines. . .

—Aquí se desbarrancó un buey la otra semana y aquí mismo lo destazaron. . .

—En ese charco se ahogó la hija de tío Zancas el año pasado por estos días. . .

—Son muy traicioneros todos estos charcos, tienen remolinos que suerben como embudos por unos abujeros que hay en el fondo; muchos cristianos no han vuelto a salir ni se han hallado sus cuerpos; pero es bonito luchar contra las corrientes. . .

Llegamos al charco del recodo. Sombrío. Remetido en una especie de concha o cueva formada por el tajo de alta peña. Las aguas inmóviles, verdosas, rodeadas de sabinos corpulentos en semicírculo frente al desfiladero. Sentí miedo. Me guardé de manifestarlo; antes di traza de ser el primero en desvestirme, animoso.

—Si de pronto llegara una corriente de la sierra, como seguido pasa en tiempo de aguas, nos arrastraría sin remedio; el año pasado, para no ir más lejos, arrastró ganados y cristianos, por sorpresa...

Las malas intenciones en contra nuestra les salían a la cara; ni las disimulaban, espiando que nos descuidáramos.

—Si eres tan hombre, tírate al agua desde la peña.

—Ponme tú la muestra y te seguiré.

Sí, por lo menos tratarían de sumirme en lo hondo, de sofocarme, de hacerme tragar agua, o cualquier otra mala pasada.

Camelándonos mutuamente, ninguno acababa de desvestirse o dar traza de echarse al charco. Muy despacio me quité la camisa.

—Vámoslos capando como hicimos con aquel catrincillo.

Echáronseme encima, me sujetaron bruscamente, me derribaron, lucharon por inmovilizarme con las piernas y los brazos extendidos.

Vi alzada una navaja.

—A ver, yo, que es mi oficio con chivos y perros.

—Por lo menos vamos a salarlo.

Sus fuerzas no lograban aquietarme. A pesar de que no tenía zapatos, pude sacarles sangre de la nariz y de los labios a fuerza de patadas y puñetazos.

—Háganle una ñenga.

—No — dijo el mayor de los primos —, mejor échenlo encuerado en aquella mata — y al decirlo pasó una luz maligna por sus ojos. Dicho y hecho, me levantaron en peso y me arrojaron sobre una yedra que tendía en el suelo sus guías. Aullidos, bramidos de bestia herida se dejaron oír, desesperados, retumbando en la peña. Los pandilleros corrieron al grito pavoroso de: — *¡Cuco Lurio! ¡Cuco Lurio!* — al tiempo que tupían piedras de lo alto en el charco, en los arenales del río, detrás de los fugitivos, en furiosa persecución. Alcé la vista, incorporándome con rapidez. Un modo de caricatura se movía como energúmeno arriba de la peña, gruñendo espantosamente, gesticulando, lanzando piedras con fuerza y destreza, sin parar. Era un fenómeno, un enano, una cabezota bestial con mucho de perro chato y de gorila, saliéndosele los ojos que le llenaban la cara y se le derramaban sobre la boca chueca, horripilante. Corrí, junté parte de mi ropa, busqué refugio tras de un sabino; pareció enfurecerse más al verme desnudo; maquinalmente me puse los calzones, la camisa; no encontré los pantalones ni la chaqueta; el monstruo seguía vociferando sonidos ininteligibles; comencé a sentir un ardor cada vez más rápidamente atroz en la espalda, en los brazos y muslos; cogí en la mano los zapatos y, cuidándome de la lluvia de piedras, brinqué junto al árbol inmediato; ¡cuán eterno se me hizo el escaso trecho y la espera de la pedrada que parecía inevitable!; ahuyentados los muchachos, el espantajo dejó de tirar, aunque me dirigía gruñidos, accionando frenéticamente; temí que bajara de prisa y diera sobre de mí, abandonado y descalzo; por otro lado el ardor de lumbre que me abrasaba todo el cuerpo era insoportable, al grado de no hacer ya caso del idiota, y olvidárseme por completo, cuando descubrí con terror que me salían ronchas por todas partes y la piel se ampollaba, se ampollaba cada vez más; grité, pedí auxilio, aullé, y el eco sobre las rocas hacía más pavorosa mi desolación; rompí a llorar; no me cupo duda: la canícula me había hecho lazarino; para que nada faltara a la desesperación, sentí subir a los ojos el ardor, sentí que se me hinchaban, vi que se me salían como bombas de jabón, que pronto reventarían.

—¡La gota serena! ¡Ya me cayó! ¡me cayó!

Mi cuerpo era una viva llama que con violencia se derretía. En un relámpago vi que para siempre se alejaba mi ciudad, que nunca jamás la vería; ni correría sus calles, ni me recrearía en sus jardines y plazas; recordé con dulzura y ternura a la escuela; repasé los rostros de mis compañeros, el gusto de nuestros juegos, el acento de sus voces. Todo daba vuelta en mi ceguera iluminada. Sentí derrumbarme, morir. No supe más de mí, de nada.

EN LA ETERNA NOCHE OSCURA QUE SIGUIÓ, brillaban, brincaban, se clavaban, volvían a volar moscas de lumbre, a lo ancho, a lo sin fondo de la ceguera, zumbando dentro de las cuencas desorbitadas; estallaban rayas, fuegos, focos, figuras fulminantes; las orejas descargaban gaznuchos, vidrios rotos, campanas cascadas; resonaban salmodias, murmullos trabajosa, despaciosamente articulados, retrasada, penosamente comprensibles (*la lo pi la ma ma la mu la jer lo pi có la lo*); sin cesar las moscas, los martillazos en las sienes, en la frente, ni el río de lumbre desparramado, por la garganta; pero desde las rodillas, los témpanos de hielo hasta las plantas de los pies, y las manos también congeladas. Las narices, fuelles angustiosos, ayudadas por la boca abierta, desesperadamente, lengua y dientes enterregados; a chorros, el olor a viejo, a húmedo, a huerto, y la pestilencia penetrante, permanente, de porquerizas y corrales; la revoltura sin tiempo de cantos de gallos, mugidos, ladridos, gritos, voces agudas, destempladas, en confusión con golpes, pasos, rechinidos, respiraciones, movimientos, presencias invisibles, y más golpes, golpes, lejanos o cercanos, golpes que retumbaban en las tinieblas, contra el cerebro, espoleando a las moscas luminosas, incansables, de aquella larga noche. Hasta que:

—Fue una malamujer — oí claramente. Y la voz alterada de mi madre:

—Lo peor es que aquí no se cuenta con lo necesario.

Recobré la memoria. Me asaltó el furioso deseo de mi ciudad. *Aquí* era el reino de la canícula, de la gota serena, de la malamujer. Primero vergüenza, luego arrepentimiento, al fin, rápidamente, se apoderó de mí la rabia incontenible por haber venido y fincado tantas fantasías, que me costaron desvelos, luchas, enfados. Violentas ansias de volar a mi casa. Cuco Lurio, los primos, los perros del mal. En un suspiro volar a mis calles y jardines; volver con mis amigos de toda la vida. De un golpe se me presentaron los odiosos recuerdos y, entre las moscas como chispas, el monigote de Cuco Lurio.

—Se te ha olvidado que las ronchas de malamujer se quitan con unción de sebo, y no rascándose la comezón.

Caí en la cuenta de que mi madre sujetaba mis manos. Contuvo con fuerza el impulso de desasirme al oír del sebo. Ella, ella me había inspirado la locura de venir a esta tierra, que sus constantes pláticas representaban como el paraíso.

—Por caridad, que no sigan cortando leña. No hallo la hora de irnos — estas palabras de mi madre sofocaron el impulso que la culpaba de mis males. Los hachazos repercutían en la cabeza.

—Te prometo que Cuco Lurio pagará su fechoría.

Hice intento de incorporarme para protestar, comprendiendo que se achacaba lo sucedido al idiota. Quise abrir los ojos: los tenía vendados, pegados con algún ungüento. Sólo acerté a decir desfallecidamente.

—No, no...

—No hagas fuerzas, estate quietecito, pronto vas a estar bien — tuve la seguridad de que mi madre no se había apartado de mí en la larga noche de mis dolores. Le acaricié las manos, que me retenían con firme dulzura. Su voz tomó acentos de canción arrulladora:

—Pronto vas a estar buenisano.

No bien habían cesado los golpes de hacha, se oyeron balazos. Muchos. El estremecimiento de mi madre se me comunicó.

—¡Balazos! — dijo, y se quedó muda, conteniéndome con mayor energía.

Transcurrió una eternidad. Sonaron voces, pasos precipitados.

—Mataron a Cuco Lurio. Tenía que suceder.

No hubo fuerza que me contuviera. Sobre los codos me incorporé, traté de abandonar la cama, me arranqué la venda de los ojos: sólo pude ver una cortina lechosa, como tormenta tupida, detrás de la que se movían bultos informes, y más acá, el zarandeo de manchas negras en lugar de las moscas encendidas. Más recios los gaznuchos en las orejas. Una oleada insoportable de olores rancios, como si me hubieran dado en la cara con boñiga o con el zoquite en que se revuelcan los puercos, me sofocó. El desvanecimiento me tiró sobre la cama, no recuerdo si antes o después o mientras tronaba la ristra de palabras:

—Seguro lo picó la luna de agosto, cuando no haya sido, de plano, la rabia. No contento con la maldad de haber aventado a tu hijo en la yerba enconosa de la malamujer, ora trató de forzar a una muchachilla de once años que iba al ojo de agua; se le abalanzó como chucho del mal; la atrinchiló, queriendo tumbarla, babeándola, mordiéndola en los cachetes, en los brazos, en el pescuezo; a los gritos de la muchacha hubo quien acudiera; no había modo de quitársela: tantas eran las fuerzas del endemoniado, que se daba maña para ahuyentar a patadas y con piedras a los que trataban de someterlo; fue necesario cazarlo; quedó hecho arnero. No le tocaba salir con bien de la canícula. Fue su raya.

Dándome vueltas la cabeza, me arrebató un deslumbramiento como de luna. No pude oír ya las airadas palabras de mi madre; sólo sentí que sus manos se aferraban convulsivamente sobre mi frente, sobre mis ojos, sin lograr detenerme. Seguía yo subiendo o descendiendo, anegado, sumido en ese mundo de luz, como gota que cae a la corriente.

—Vámonos a la luna, con la malamujer, Cuco, en la Gota Serena, ¡mi Ciudad Serena! — dicen que me oyeron decir. O algo parecido.

ÍNDICE

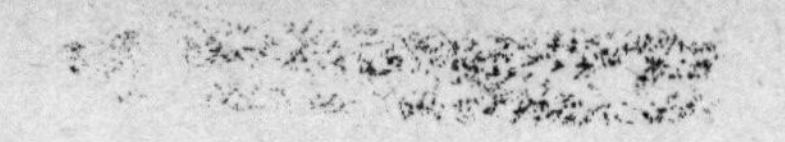

IMPRESO Y HECHO EN MEXICO
PRINTED AND MADE IN MEXICO
EN LOS TALLERES DE
LITOARTE, S. DE R. L.
FERROCARRIL DE CUERNAVACA 683
MEXICO 17, D.F.
EDICION DE 5,000 EJEMPLARES
Y SOBRANTES PARA REPOSICION
10 DE AGOSTO DE 1981

My First Book of Dinosaurs

p

This is a Parragon Publishing book

This edition published in 2004

Parragon Publishing
Queen Street House
4 Queen Street
Bath BA1 1HE, UK

ISBN 1-40542-737-X

Printed in China

Contents

Dinosaurs

The first dinosaurs appeared about 225 million years ago, and ruled the Earth for millions of years. No one has ever seen a dinosaur alive, because they died out long before people appeared. But we know what they looked like, because scientists study their fossilized

bones to discover
the many weird
and wonderful
shapes and
sizes they
came in.

Plateosaurus

Herds of these large animals traveled across the hot plains in search of food. Plateosaurus walked on all fours, but could rear up on its hind legs to munch leaves high on trees, using its massive tail for support.

Herrerasaurus

Herrerasaurus was one of the first meat-eating dinosaurs, and was a fierce hunter with sharp teeth and claws. It ran at great speed on its powerful back legs, which helped it catch its prey.

Tyrannosaurus

The terrifying
Tyrannosaurus
towered as tall
as a small house.
The largest,
fiercest meat-eater,
it had huge jaws filled with
long, sharp teeth,
and its mouth
was big enough
to gulp you
down whole!

It ran upright on its powerful back legs, but its front legs were so short they couldn't reach its mouth. It carried its long tail upright as it moved, to balance the weight of its enormous body.

Lesothosaurus

These little dinosaurs lived in the desert in herds, grazing on the desert plants. They had nothing to defend themselves from predators with, but instead ran for cover at high speed on their long back legs. They would have been very difficult to catch! They may have rested in burrows during the hot summer until the rains came again and there was food to eat.

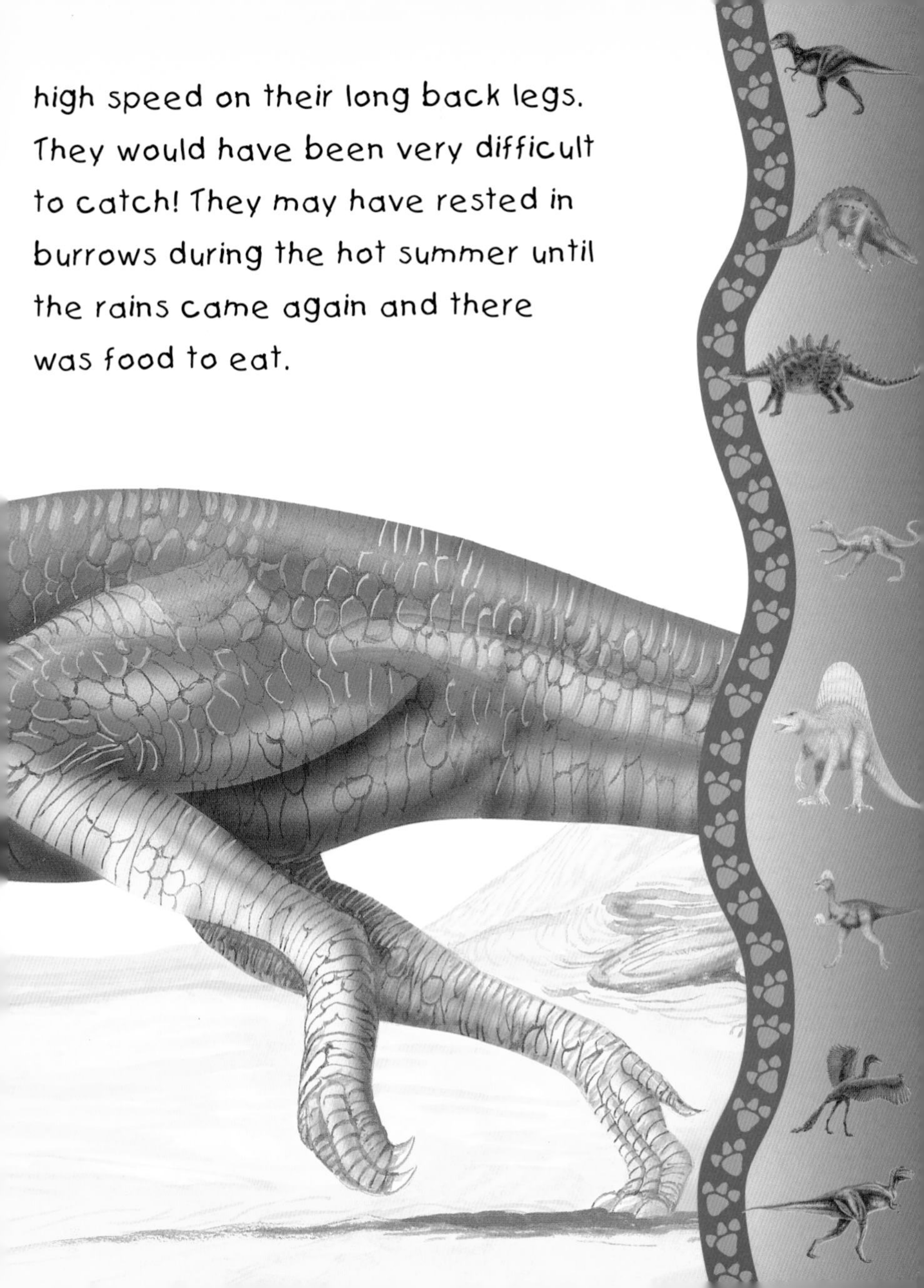

Diplodocus

Diplodocus was the longest dinosaur that ever lived.

It used its incredible neck to reach leaves high in the tree-tops. It had an even longer

tail, which it may have
used like a whip to
scare away predators.
It stayed in water for
most of the time, out of reach of its
fierce enemies.

Pteranodon

A Pteranodon's body was no bigger than a turkey's, but its great wings would have spread across a highway.

It flew by gliding, rather than flapping its wings, and soared over the sea, snatching fish in its toothless jaws.

Archaeopteryx

Archaeopteryx was the first winged bird, but in many ways it was similar to the reptiles.

It had teeth, a long bony tail, proper clawed fingers on the front of its wings, and colored feathers.

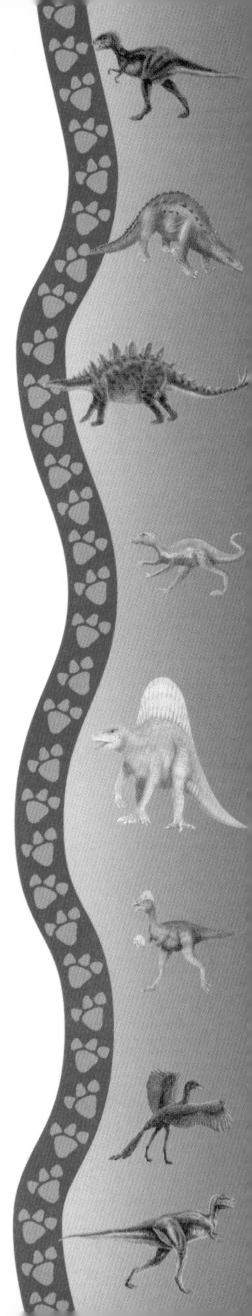

Stegosaurus

Stegosaurus was as long as
a bus, but it only had
a brain the size
of a plum!
It had bony

armor and two pairs of dangerous spikes at the end of its tail. It moved slowly on its four sturdy legs and swallowed plants without even chewing.

Allosaurus

Herds of Allosaurus are thought to have hunted together, feeding on other dinosaurs. They had powerful necks, sharp claws, and strong wide-opening jaws. The Allosaurus' razor-sharp teeth made them deadly attackers.

Minmi

The Minmi was one of the best protected dinosaurs. It had bony armor covering almost all of its body —even its belly.

Any dinosaur that tried to bite a chunk out of Minmi risked breaking some teeth!

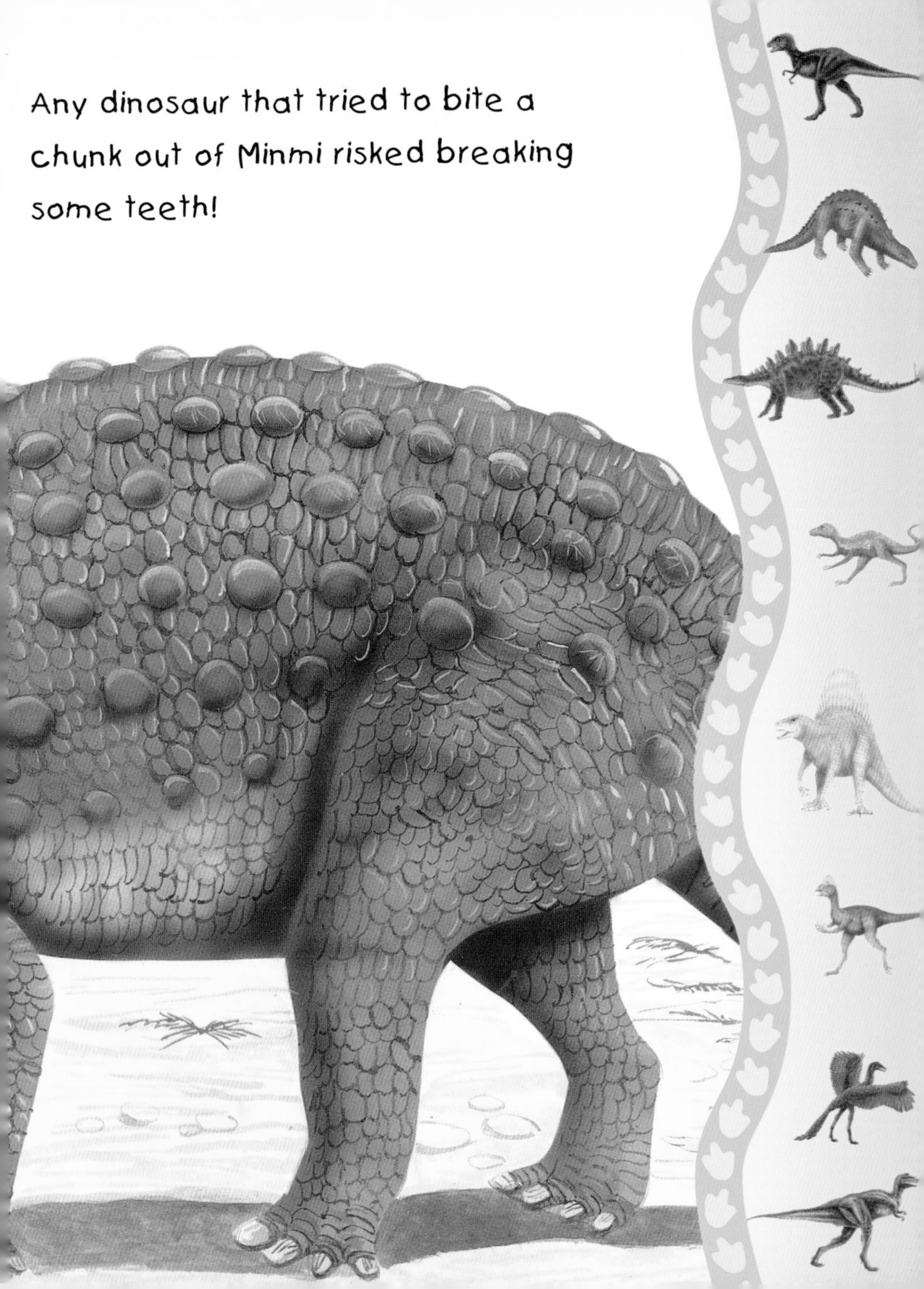

Maiasaura

Maiasaura means "good mother lizard".
About 20 eggs were laid in a

large mud nest, then covered to keep them warm and protected. Dinosaur babies were very small and probably needed looking after for some time.

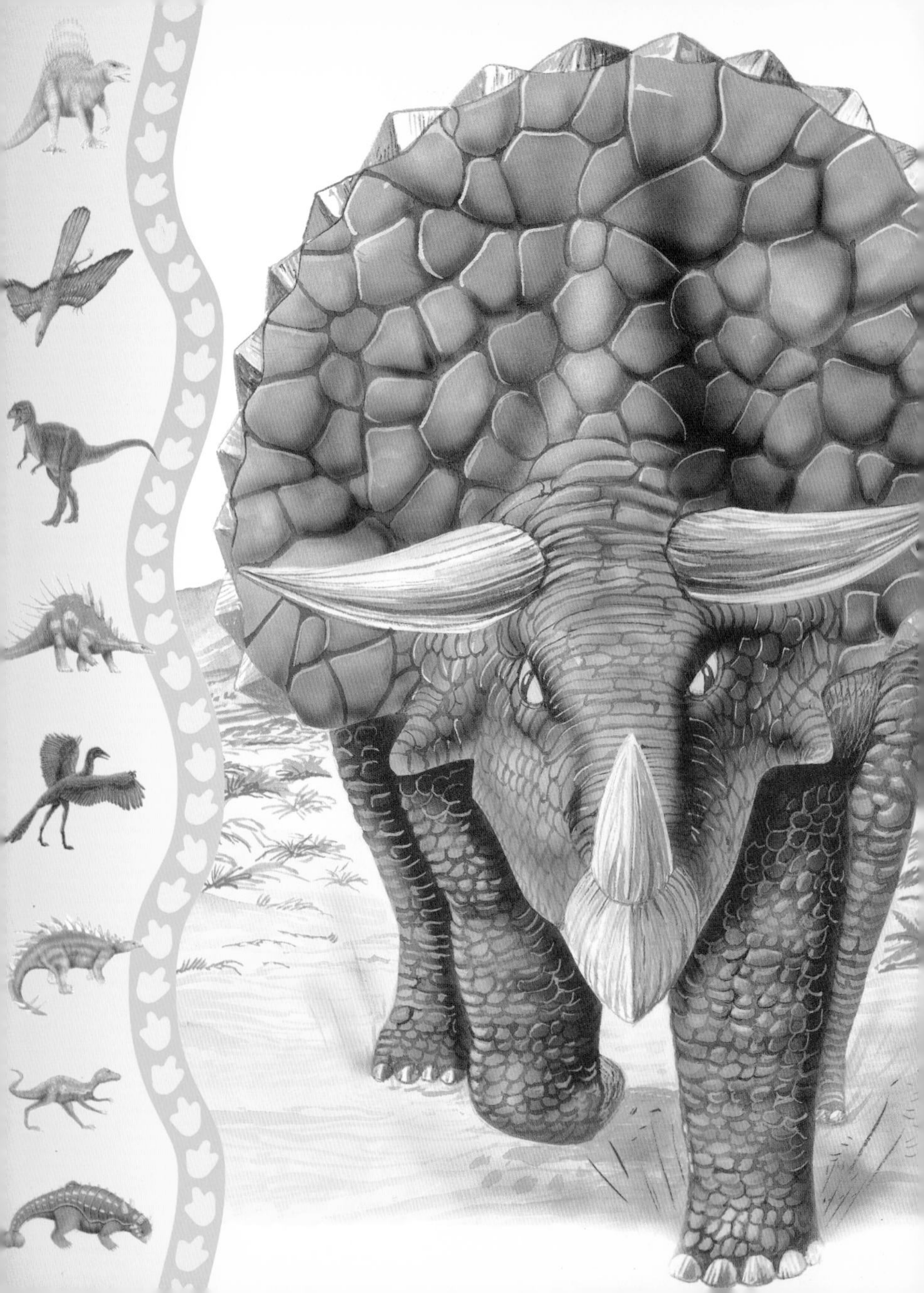

These great dinosaurs were among the last to appear on Earth and the last to die out. They thundered through the forests in large herds, made up of dozens of dinosaurs.

Saurolophus

This dinosaur had a bony spike on the back of its head, called a crest. It may have used this to make its noises louder, so it could warn others of danger. It could run away on two legs, and may have rushed into the water to escape predators.

Apatosaurus

Huge herds of plant-eating Apatosaurus trundled along at about the speed of elephants, searching for food. The youngest dinosaurs walked in the middle of the herd, protected from predators by the large adults.

Where did they go?

There are many suggestions of why the dinosaurs disappeared, but no real answers. Many scientists think a chunk of space rock smashed into Earth and threw up huge clouds of dust, blocking out the sun.

Without heat and light, the plants, plant-eaters and then meat-eaters would all have vanished. However the dinosaurs' descendants live on today—as our little feathered friends, the birds!